與你相遇在無眠的夢中

遠野海人

輕文學
Light Literature

CONTENTS

「你聽過雙胞胎悖論嗎？」

中井恭介一邊說著這種莫名其妙的話，一邊轉過頭來。在自然捲頭髮底下，那雙黑色的眼睛正緊盯著我。

「簡單來說是這樣。雙胞胎的其中一人，假設哥哥搭上以光速飛行的火箭啟程前往宇宙，而弟弟在地球上目送他離開好了。這個假設的重點在於視角。」

那時我們正在吵架。至少我是這麼想的，所以對此多少感到有些火大。恭介沒有察覺這點，依然用冷靜的口吻繼續說了下去。

「被留在地球上的弟弟眼中，哥哥看起來就像是以光速遠離而去。但從搭上火箭的哥哥看來，也像是以光速遠離弟弟還留著的地球而去。」

恭介的房間裡放著許多樂譜。床單是白色的，樂譜也是。看過去的一片色彩都太白了，讓我覺得有些刺眼。視線才想往窗外逃避而去，結果外頭也正在下雪，心情更是陰鬱。

天氣這麼差還突然把人叫來，以為有什麼事卻在聽他說這些。笑都笑不出來。

「如果你只是要說這種莫名其妙的話，那我要回去了。」

「智成。」

抓著樂器盒就站起身的我，被恭介叫住。

「你認為在真空的宇宙當中聽得見聲音嗎？」

「啊？怎麼可能聽得見。」

聲音是一種振動。樂器跟聲音都是讓空氣產生振動，進而再讓耳膜共振，人才能聽得見聲音。要是沒有空氣，就聽不見聲音了。

聽見我的回答，恭介似乎感到有點放心地點了點頭。

「沒錯，所以我聽不見。不過智成應該是能聽見才對。」

恭介就像在表達「沒事了」一般，再次轉身背對我。這也讓我忍無可忍了。

「我真的要回去了！」

一股怒氣直衝心頭，我飛奔出了恭介的家。途中跟恭介的妹妹在走廊擦身而過，但我完全沒有想要停下腳步。

突然從吹著暖氣的房間來到屋外所造成的冷暖溫差，讓我的心臟揪痛起來的那種感受，我到現在還是記憶猶新。而我走在回家的路上，雪越下越大，當我到家的時候已經變成暴風雪的事情也是。

在那兩小時後，恭介因為一場意外身亡。

至少我是這麼想的。

宣告春天終結的聲音

「吶，相馬。你加入管樂社嘛。」

一早，突然就有人來向我招募。

時間回溯到十秒前。

大石裕美晃著一頭茶色短髮，咚地一聲就伸手撐在我的桌子上。我直到剛才都還撐著臉頰在發呆，可真的是嚇了一大跳。何況還是剛結束打工，不是午睡而是早睡了一小時左右過後就來這招，更是讓我嚇得不輕。

「我說，大石啊。妳來向我招募進社團，自己都不覺得奇怪嗎？」

「我知道是有點晚了。但現在勉強算是四月，還說得過去吧。」

「晚的不是時期，而是年級好嗎？我跟妳一樣是三年級喔。況且，要招募我也晚了兩年。」

「沒辦法啊。我直到最近才知道你國中是管樂社的嘛。」

早上八點過後的教室裡，已經有超過半數的同學來上課了。

當我想著有沒有人可以來救助一下，並環視了四周，只見大家臉上都掛著苦笑。要是站在相反的立場，我應該也是露出那種表情，遠遠地旁觀吧。

「總之，你來加入我們社團啦。今年新進社員太少了，很傷腦筋耶。」

「那還真是可憐。所以說現在有幾個人？」

「從一年級到三年級共計十人。」

「還真是冷清啊。」

比起其他文化性質的社團，管樂社更需要有一定的人數。我能理解她因為社團人太少而傷腦筋。

「所以我才去調查哪些人有接觸過管樂，並一個個招募中。」

「哦～～咦？但你們在去年校慶時，不是有滿大規模的演奏嗎？」

雖然沒有仔細去數，但感覺有六十個人左右。就算因為學長姊畢業，這人數銳減的速度也太快了吧。

「一言難盡啦。更重要的是，反正你也閒著沒事吧？那就加入管樂社啊。」

啊，被蒙混過去了。箇中原委確實讓人很在意，但特地追問下去就太失禮了。而且我也不是真的那麼想知道。

「很可惜的，放學後我都要準備打工，忙得很呢。」

打工是從半夜兩點左右開始，所以放學後必須早點睡，以確保睡眠時間。我敢保證在所有同學當中我一定是最早睡的。不過我還不知道這股自信有什麼意義就是了。

「既然是要打工那也沒轍了。這次就特別放過你吧。」

「雖然不知道我為什麼要得到妳的原諒，但還是謝謝妳喔。」

「相對的，你給我一點情報嘛。國中時還有誰跟你是同一個管樂社的呢？」

「同年級當中應該是沒有吧。」

說穿了，本來就沒有跟我念同一所國中，並跑來這所高中念書的同學。理由也很單純，因為這所高中距離母校的校區有點遠。

想拚個好學校的人，就算得搭電車通勤，也要去念私立的明星高中，要是沒有什麼特別的理由，就會隨波逐流到距離家裡徒步可及的高中去。從這兩方面來看，我念的這所公立高中都不上不下，會從我們國中特地跑來這裡念書的，就只有特別好事的人而已。

順帶一提，我之所以會來這所學校念書，是因為想騎腳踏車通勤。而且那感受確實一如我預料的暢快，但天氣不好的時候會很傷腦筋。

「而且是誰跟妳說我以前是管樂社的啊？」

「一個說是跟相馬念同一所國中的新生告訴我的。還是說，你聽到有個可愛的學弟妹就想加入了呢？」

「不想。」

「是喔。相馬這個笨蛋。」

冷哼了一聲，大石就回到她自己靠走廊那一側的座位上。

即使如此，情報來源竟然是個新生也很奇怪。

我只在管樂社待到國二冬天而已，都還沒升上三年級，早早就退社了。所以我實在想不透，一個今年升高一的新生，也就是小我兩歲的學弟妹，怎麼會知道我本來是管樂社。

不過，對方也可能是從別人口中聽來的，所以我並沒有把這件事放在心上。

強忍下呵欠，我發著呆，度過在開始上課前的這一小段時間。

騎著菜籃生鏽的機車，穿越清晨的街道。

引擎的震動讓這台老舊的車體以及我的身體都跟著晃動起來。滿滿堆在前方菜籃裡報紙，也跟著發出窸窣的聲音。

若要說我的生活是以這份配送報紙的打工為中心也不為過。

放學後，我一回到家就先稍微吃點東西，晚上七點前就會鑽進被窩。起床時間是凌晨一點。稍微梳洗準備一下之後，凌晨兩點左右就要到營業所拿報紙，再騎著破舊機車穿梭在巷弄間。一天大概就是這樣的流程。

我一升上高中不久就開始從事這份打工了。但必須考到駕照才能騎機車配送，所以這樣的工作模式還不到一年。一開始因為不習慣騎車而覺得緊張，不過直到最近也漸漸產生了對清晨涼颼颼的空氣感到滿舒服的從容。

京都的街道是棋盤式的格局，所以不太會迷路。對著年幼的我這麼說的人正是祖母。京都出生的祖母非常喜歡這個城市，一牽扯到京都，她就會反覆地說著這是個好地方。

自從開始從事配送報紙的打工之後，這樣好認的道路確實帶給我很大的幫助。只是地址上會表記著西邊東邊的，長長一大串弄得很複雜，因此要記下配送路線時費了好一番功夫就是了。

上京區東側有一半是我負責的配送區域。像是要連接起堀川通跟烏丸通似的反覆穿梭，並漸漸往南下走去。就算是白天人來人往的這條道路，在清晨時分還是相當平靜。但是注意著安全駕駛的我，今天眼中也是看到各式各樣的人。

身穿制服正在等紅綠燈的男女、身穿西裝走過橫跨堀川的短橋的人，以及穿著浴衣走在小巷弄的道路內側的女性等等，清晨的街道上有各式各樣的人在活動。

無論天氣炎熱還是寒冷，清晨能看見的人們都是一樣的身影。簡直就像陷入了時間停止的錯覺之中。

我很喜歡只存在於黎明前的這片景色。有很多是白天無法見到的東西。

由於我是安全駕駛，像這樣放寬視野是很重要的一件事。無論多麼習慣配送工作，還是很害怕出車禍，因此我都會隨時保持專注並謹慎駕駛。

今天也像這樣開始工作了兩個小時。

在烏丸通右轉之後，過了一条戻橋（註1），並往西前進。

這附近是我從小就很熟悉的地方，所以就連小巷弄我都一清二楚。尤其是堀川通在春天時可以看到開得很漂亮的櫻花，只是現在幾乎都凋謝了。下次還想看到盛開的景象，就只能等到明年了吧。我無法想像自己屆時究竟會在做什麼。

我騎著車一邊哼歌，快活地一家家配送下去。只要在腦海中播放出音樂，配送報紙也就跟音樂遊戲一樣了。無論駕駛還是投遞，節奏感都很重要。

「嗯？」

在熟悉的一幢幢住家之間，我突然撞見了陌生的光景。

溶入夜色之中的獨棟房屋，有個女生正站在那家的信箱前面。昏暗的天色下，我還看不清她的長相，但至少可以辨別是男是女。

註1　位於堀川通與從前的一条通交界，被認為是連接現世與陰間的地方。

我放慢速度，並朝著手錶看了一眼。從放出亮光的錶面看來，現在還不到凌晨四點。

那個女生也沒有要出去散步的樣子，感覺就像在等候著什麼一般站在原地。

難道是在等報紙配送過來嗎？

「早安。」

我盡可能耍帥地停下生鏽的機車，並將報紙遞給她，但對方看起來也沒有久候的感覺，很乾脆地就收了下來。

「你好。好久不見了，相馬學長。」

她說話的語氣平穩，而且好像認識我。

「那個……」

誰、誰啊？

我環視著四周想尋找提示。配送時我都只顧著看要投遞的信箱，因此沒有連同建築物都看得很清楚。但仔細想想，我記得這裡是以前同學的家。

名叫中井恭介的那傢伙，是個模範般喜歡窩在家裡的人，再怎麼樣也不是會跑到屋外拿報紙的類型。說穿了那傢伙不但是男的，更何況還過世了。

啊，但他有個妹妹吧。好像小他兩歲的樣子。

現在抬頭看著我的那雙深邃大眼睛，以及綁成一束紮實麻花辮的髮型。那個造型就跟我記憶中還留有一些稚氣的中井妹妹一模一樣。而且不知為何，她還穿著我們高中的制服。

當我察覺到的同時，中井妹妹像是等到不耐煩了一般。

「我是中井優子。真虧你能這麼正大光明地忘掉別人的長相呢。」

「不好意思。」

話雖如此，我也很久沒碰到她了。最後一次見面是在恭介的葬禮上，時隔快四年了。當時還在念小學六年級的中井妹妹，也到了升上高中的年紀。經過這麼一段歲月，給人的印象會有所改變也理所當然。

「相馬學長是在打工嗎？」

「對啊，我可是個模範勤奮少年。要給我粉絲信也很歡迎喔。」

「看來你還是繼續做下去了呢。管樂社應該有去招募你吧？」

「是沒錯啦……啊，原來如此。是這麼一回事啊。」

班會前的謎題很快就揭曉了。

向管樂社的大石洩漏我社團經歷的人就是中井妹妹吧。就算是小我兩歲的學妹，如果是中井妹妹就會知道我曾待過管樂社。我跟她哥哥恭介是朋友，而且以前還是一週兩次的程度，頻繁來這個家叨擾。

但我不知道中井妹妹跑來就讀同一所高中，而且竟然還加入了管樂社，更是令我難以想像。

「不過招募的事我已經婉拒囉。對我來說打工比較重要。」

「就算見到我，你也沒有回心轉意嗎？」

「妳那是什麼莫名的自信啊？」

「如何呢？」

中井妹妹的態度莫名冷淡。感覺就像她的口氣降低了四周氣溫似的，一道冷風從我背後竄了過去。

「如果要找人一起參加社團活動，比起我這個三年級的，去約妳的同學比較好吧。」

「為了演奏哥哥做的曲子，需要的不是別人，正是相馬學長的力量。」

中井恭介做的曲子。

這句話讓我的心掀起了一陣漣漪。

時間凍結似的感覺讓我一時陷入混亂，但仔細想想天氣並沒有這麼冷。不如說很熱。甚至連掌心都沁出了汗。

「哦，是喔。」

不給些回應也很奇怪，因此我隨口附和了一句。這聽起來就像一場笑話一樣，因此我也自然而然地浮現了笑容。

「抱歉，我還要急著去送報。改天再慢慢聊吧。」

隨便搪塞過去之後，我便騎著機車逃走了。

雖然知道中井妹妹還在後面看著我，但我一點也不想回過頭。

＊＊＊

第一次遇見那傢伙，是在難忘的五歲那時。

那年我學了新的事物，去上了小號的才藝班。

起因是已經過世的祖母。

總是熱情地談論著年輕時在時髦的餐廳聽見的演奏有多精彩的祖母，在我生日的時候送了一把閃閃發亮的小號給我。

當時的我非常中意小號金閃閃的模樣，但除此之外全都只覺得討厭而已。畢竟很重。而且對一個小孩子來說也太大了。一旦放進樂器盒又顯得更大更重。對五歲的我來說，光是抱著去上課再回家，就已經像是一種修行。

現在走起來只要十五分鐘左右的路程，照小孩子的步伐來說要花一倍以上的時間。起初是跟媽媽一起搭公車過去，即使如此抱在懷裡的小號還是重到令我印象深刻。

音樂教室的外觀看起來就跟普通民宅沒什麼兩樣。若要說起特別之處，就只有地下室有間隔音室這點而已。

調查出住在那裡的女性有在經營小號的個人課程，並安排讓我去上這個才藝班的也是祖母。事後才聽媽媽說其實連學費都是祖母出的，看來她真的很想讓我學習小號吧。

就這樣，從五歲生日開始學習小號，並過了三個月的時候。

我潛藏身為天才演奏家的才能……不但沒有因此展現出來，甚至依舊糟糕到連我自己都嚇了一跳。

而且根本吹不出聲音來。對於當時認為只要吹氣進去樂器就會自己發出聲音的我來說，光是在那個當下就錯愕不已。後來開始只用吹嘴練習，才總算吹出聲音，但即使如此還是只能吹出有氣無力的丟人樂聲。

無論怎麼練習，都感受不到自己有所進步。不但嘴跟手都很痛，而且小號就是很重，甚至讓我幾乎都要對樂器本身感到厭惡了。

或許是察覺到我這樣的心境，那天老師在比平常還要早的時間就要我稍作休息，並為了替我準備飲料而離開了隔音室。

那傢伙就是在這個時候現身的。

他推開門隔著一條小縫隙，對著依然吹不出像樣樂聲而鬧起脾氣的我搭話道：

「你那是小號？」

他給我的第一印象，是個瘦瘦高高的可疑少年。

手腳都很纖瘦，而且都沒有曬黑。自然捲的頭髮底下一雙圓圓的眼睛，正緊盯著我手上的小號。

那傢伙應該只是想確認這件事才來向我搭話，然而我卻誤以為那道視線是對我投以欽羨的目光。

其他小孩所沒有的特別的東西。那時，我第一次產生了想向人炫耀自己這把小號「很帥氣吧」的心情。連我自己也覺得未免太單純了。

「你會吹嗎？」

「當然會啊。」

我下意識這麼回答，但其實是騙人的。我依然吹不出令人滿意的樂聲。

即使總算可以吹出聲音，也只能吹出宛如怪獸在打呼一般的聲音而已。不但做不到像老師示範演奏給我看的時候，那樣順暢流動的手指動作，也吹不出讓人舒適地轉醒的那種樂聲。

但是，礙於那微不足道的自尊心，我也說不出自己辦不到。

「那希望你能演奏一首曲子。是我做的曲子。」

「是喔。那你把樂譜拿來，我就幫你演奏啊。」

懷著隨便的心情答應之後，那傢伙馬上就將手寫的樂譜拿過來了。

雖然我那時是連樂譜都還不太會看的程度，但既然都說辦得到了，我就下定決心，絕對要演奏出來。

拿著飲料回來的老師也說，先從有興趣的曲子開始練習比較好，進而決定在課堂上練習那首曲子。

在那之後，我拿出熱忱勤加練習。不只是去上才藝班的時候而已，就連回到家也會觸碰樂器，結果不小心在房間裡吹出聲音被媽媽罵過後，我就埋頭於模擬訓練之中，手指無時無刻都在動來動去的。為了練習吐音，我平常甚至會去顧慮呼吸的方式。在讀懂樂譜之前，更是沒有一刻怠慢地努力學習。

儘管做到這種地步依然不見戲劇性的成長，但至少能用小號吹出更像樣的聲音了。

自從第一次遇見那傢伙過了兩個月之後，我總算能演奏出手寫樂譜的那首曲子。我趁著課程的休息時間在那傢伙面前吹給他聽，因此除了老師以外，他算是第一個聽我演奏的觀眾。

那首曲子跟我至今練習的樂曲相比，很明顯是截然不同的東西。各式各樣的音符全都塞在一起，顯得雜亂無章。聽起來的感受絕非舒坦，然而一旦聽了就會餘音繞梁的那種曲子。

即使是成為高中生的現在，我也做不到樂曲評論這種事，但那肯定不是會拿給初學者吹奏的曲子。

演奏的時候，我總之相當拚命。各式各樣的音符就像濁流一般不容分說地朝我襲來。儘管都快溺死在一片音符當中，我還是總算結束了演奏，在擦去汗水時的心情可是極為痛快。

「怎麼樣！我吹得很好吧！」

「我知道了，那下次吹這首。」

面對等待著一番讚賞的我，那傢伙連一聲鼓掌也沒有，就將另一份樂譜遞了過來。

後來我們怎麼會變成朋友，我直到現在都還想不通。

究竟是因為我們的個性莫名契合，還是多虧了我很喜歡後來被命名為〈日不落之夜〉的那首曲子，事到如今連我自己也不得而知。十幾年前的自己，基本上就像是另一個人一樣。

總之，小號才藝班上著上著，我跟那傢伙就變成朋友了。

我為了演奏他接連拿來的手寫樂譜而勤加練習小號，他也不厭其煩地一直做出很亂來的樂譜，並交到我的手上。

就這樣，我一個月會演奏一次經過練習的曲子。

從第二次的演奏開始，觀眾就多了一個他的妹妹。我記不得當時是找她說了什麼話，但我記得她給我的印象是小小年紀卻很穩重，並不太像她那個怪人哥哥。

他妹妹加入之後，或許是顧慮不要打擾到小孩子們，老師就不再到演奏會上露臉了。

作曲人、演奏者以及觀眾。只有三個人的演奏會，就這麼持續了好幾年。

直到其中一個人永遠缺席的那一天。

作曲人的名字是中井恭介。

既是剛才碰面的少女的哥哥，也是在我國二那年冬天因意外身亡的兒時玩伴。

***

完成配送工作，我將機車還回去之後，就一邊推著腳踏車，悠閒地走在街道上。

現在的時間是凌晨四點半。這段時間正是我一天當中最能自由運用的時段。

所以從打工的地方回到自家的路途我繞了一大圈遠路，正走在鴨川的河岸邊。

沉浸在勞動過後那種舒暢的疲憊感與解放感之中，這樣順著鴨川流向走的感覺很不錯。我刻意不騎腳踏車，就是為了能享受這樣的時光久一點。

而且繞這一圈除了轉換心情之外，也有其他目的。

雖然是在河岸邊，但就算在這個地方發出響亮的聲音也不太會有人在意，是許多人常會前來練習樂器的一個地點。

在太陽還沒升起的河岸邊，能聽見伴隨著潺潺流水聲的〈小星星〉。那是小號的音色。為了不打擾到對方，我放輕腳步緩緩靠近去看看狀況。

手中拿著小號的人，是個差不多跟我同年的女生。

烏黑的瀏海長到遮住眼睛。而且瀏海還滿厚重的，因此很難看清她的視線。而且她更身穿長袖制服，雙腳包覆在全黑的褲襪底下，是個幾乎沒有露出肌膚的狀態。

順帶一提，雖然是我所就讀的高中制服，但截至目前為止，我都不曾在學校裡見過她。未來應該也沒這個機會吧。

「早啊。」

等到樂聲告一段落之後，我這麼打了一聲招呼，原本拿著銀色小號的少女也朝我回過頭來。

「早安。」

剛相遇的時候，每當我向她打招呼時對方都會嚇到，看來現在也已經習慣了。

當我開始做這份打工沒多久時，就跟她相遇了。契機是當我沿著鴨川河岸步上歸途時，無意間聽見小號的樂聲，便像是被吸引了過去一般。

說真的，她的演奏並非多麼精湛。

無論發出聲音的方式還是運指的方法，都拙劣到彷彿看見剛開始接觸樂器時的自己。時不時就會吹錯音階，或是吹得又卡又頓。

正因為如此，我很能體會她想偷偷在這裡自主練習，慢慢磨練技巧的心情。以前我也曾在河岸邊練習過小號。然而夏天會被大量蚊蟲阻撓，冬天又會冷到指尖凍僵，時不時就會碰壁。

就這點來說，她無論酷暑寒冬，就算天氣再怎麼不好，都會持續在這裡練習。

我想說總不好打擾她練習，因此以前我只是隔著一段微妙距離聽她吹奏的可疑人士，直到有一次對方主動過來向我搭話。

「我的演奏怎麼樣？」

很久沒聽她說出這個跟我們第一次說話時同樣的問題了。以前問得怯生生的，相較之下，現在感覺沉穩許多。

要向人說出自己的感想，其實出乎意料地困難。講得太簡潔感覺就像在隨口搪塞，但要是說起長篇大論，聽起來好像又很跩。

「我很喜歡喔。」

迷惘到最後，我也做出跟以前一樣的回答。

實際上她現在的演奏有時音會跑掉，長音更是吹得很辛苦。

但仔細解讀過樂譜一般沉穩的演奏，能讓聽者感受到心情放鬆下來的那種溫柔。

如果要拿食物比喻的話，感覺就像是遠足時母親替自己做的便當。撇開美味與否，定義在與那種事情無關的位置上。單純是個美好的事物。

聽見我的回答，她的嘴角揚起淺淺的笑。

「那今天也請你繼續聽下去吧。」

她再次架起小號，並開始吹奏〈小星星〉。

自從相遇之後已經過了兩年以上的現在，我跟她甚至都還沒互相自我介紹過。依然是連彼此的名字跟來歷都渾然不知的狀態。或許也因為這樣，每當我來到這裡的時候，總覺得自己就像變成別人一樣。而我很喜歡這樣的感覺。

每次跟她一起共度的時間，都只有短短半小時左右。

即使如此，這段時間對我來說就跟去打工及上課一樣，是日常生活中重要的一部分。

「請你加入管樂社。」

一早，突然就有人來向我招募。在開始上課前的教室裡劈頭而來的這句話，只讓我覺得有滿滿的既視感。

不同於昨天的只有伸手撐在我桌子上的人，並非同學大石而是新生中井妹妹這點吧。她另一隻手上正提著一個鼓鼓的紙袋。

對我來說，大石剛好不在教室是唯一的救贖。照大石那樣衝勁滿滿的個性來看，現在肯定也在其他地方進行招募。

問題在於中井妹妹。我還是新生的時候，總是覺得高年級的教室有種難以靠近的氛圍，但中井妹妹看起來一點也不覺得膽怯。

「為了在管樂社演奏哥哥的曲子，就需要相馬學長的力量。」

「妳今天早上也說了這樣的話呢。」

如果是大石跑來招募我，不管多少次我都可以拒絕，但換作是中井妹妹就沒這麼容易了。可能因為我認識小學時的中井妹妹吧。當年那種感覺遲遲無法抽離，讓我現在無法斷然拒絕。如果事情在自己辦得到的範圍內，我就不禁想替她實現。

說不定中井妹妹就是算計到這一點，才會來拜託我就是了。

「我已經很多年沒有碰樂器了，可能無法演奏，即使如此也沒關係嗎？」

「這……」

中井妹妹感覺有些不滿地陷入沉默，後來才像轉換了心情似的，緩緩地點頭。

「只要你跟我約好可以提供協助，現在就先這樣也沒關係。」

「現在」是吧。這個說法讓人有點介意，但目前還是要讓這件事告一段落為優先。

「我知道了。那我就加入社團，並幫忙做點雜事吧。我看你們好像很缺人手嘛。」

要兼顧打工跟社團活動感覺就很辛苦。我光是想像了一下，頭就快暈了。

但如果事情能就此圓滿落幕，也是無可奈何。

我不知道中井妹妹究竟是要我做什麼，但既然不用演奏也沒關係，那就輕鬆多了。

頂多就是幫忙搬運樂器吧。

「謝謝你。那麼，我就來說明一下具體的內容。」

「在那之前我想確認一件事，恭介應該沒做過合奏曲吧？」

就我所知，恭介只會做獨奏曲，而且說穿了，他並不喜歡合奏。是個基本上跟管樂社合不來的作曲人。至少那傢伙的樂譜是沒辦法直接讓管樂社進行演奏才對。

「關於這點，你看過這邊的樂譜就會明白了。來，請你確認一下。」

中井妹妹將她帶來的紙袋放上桌子，並發出了沉甸甸的聲音。

「那一袋果然是樂譜啊。」

當她在教室裡現身的時候，我就覺得在意了，準備得還真是周全。不知道她究竟是懷著可以說服我的自信，還是知道我不會拒絕她呢？無論如何，結果都一樣。

紙袋裡塞滿了樂譜。張數看起來很不得了，讓我連數都不想數。

「未免太多張了吧？」

「但是，這還只是一部分而已。我沒辦法將所有樂譜都帶來。」

中井妹妹語氣平淡地這麼說，看起來不像是在開玩笑。她說這是一首曲子的樂譜，而且還真的只是一部分而已嗎？

我也只好隨便抽出幾張確認。

樂譜確實是以管樂形式寫成的合奏曲，而且形狀很有個性的音符也確實出自恭介之手。那傢伙的音符很少寫出圓弧，每個演奏記號看起來都有稜有角。

儘管難以置信，看來恭介是真的做了一首合奏曲。但是……

「我可不知道有這樣的曲子喔。」

只要是恭介做的曲子，我自認全都演奏過了。由於數量非常多，我確實無法保證每一首都記得，但我還是知道從來沒有看過這份樂譜。

「無可厚非吧。因為這是哥哥的遺作。」

「哦……那我確實不會知道。」

每次我去他們家拜訪時，恭介總是駝著背面向五線譜，最後一次見到他時也是如此。

他在那時寫的曲子我的確沒有演奏過。

「相馬學長。」

隔著紙袋，我能看見中井妹妹一臉認真的表情。這很不可思議地令我倒抽了一口氣。

「這是哥哥做的最後一首曲子，〈真空中聽見的聲音〉。另外，還有一點要補充的是，這首曲子演奏時間大約是三十六小時。」

「咦？」

我好像聽到了奇怪的數字。

「抱歉，妳能再說一次嗎？妳說演奏時間怎樣？」

「大約是三十六小時。若是單純計算的話，演奏需要花上一天半的時間。」

看來不是我聽錯。

「哦～～這樣啊。他留下這麼厲害的曲子啊，真是佩服。所以說，想在管樂社演奏的是哪一首曲子呢？」

「所以說，就是這首啊。要將〈真空中聽見的聲音〉毫無間斷地從頭演奏到最後。就時機點來說，校慶應該滿適合的。」

「不不不，那也太扯了。」

「但相馬學長已經答應我要幫忙了吧。」

「誰知道會是這種超乎常規的曲子啊。我還以為是要演奏三分鐘左右的那種曲子。」

恭介做的每一首曲子大概都是這樣的長度。管樂社會在校慶上演奏的時間大概一小時左右，我還以為她是要來找我商量想將一首恭介的曲子編排進去之類。

所以我才會決定與其拒絕中井妹妹的請託，不如乾脆接受並盡快解決這件事還比較輕鬆，如此一來又是另一回事了。

「可是答應就是答應了，接下來要請你為了實現三十六小時的演奏提供協助。」

整件事就像一場詐欺似的。我靠上椅背，仰望著天花板。

三十六小時的合奏曲。

而且還要由人手不足的管樂社來演奏？

中井妹妹的要求太亂來了。更重要的是，恭介做的曲子更是雜亂無章。讓我覺得是個無法理解的世界。

在這當中就只有受到那傢伙的樂譜折磨的感覺令人懷念，更是教人厭煩。

光是跟平常不一樣，就足以造就諸事不順的原因。

生活步調就這麼被打亂可不是好事。我盡可能讓日子過得一如往常，這才重新振作了起來。

雖然心靈層面覺得很疲憊，但我還是精神飽滿地上了課，也沒有睡過頭，一大清早就去打工，一樣順利完成工作。回家時還是會繞點遠路走經鴨川的河岸邊。一切都一如往常。

但中井妹妹的要求還是對我產生了影響。

打亂了配送的節奏，多浪費了一點時間。因此繞道去河岸邊的時間也比平常還要晚，所幸還能聽見小號的樂聲。從那音色也能聽出就是平常會遇見的她。

可能是跟中井妹妹聊過的關係，小號的樂聲無論如何就是會刺激起過往的記憶。

恭介從來沒有稱讚過我的演奏。然而他也沒有說過任何不滿或是怨言。無論我怎麼演奏，那傢伙都像在進行確認一般點點頭而已。

沒想到事到如今我還會想起這種小事，看樣子恭介的遺作對我來說也帶來不小衝擊。而且直到現在都還對我產生影響。

就像正好停下吹奏的小號殘響，依然繚繞在我的腦海之中。

「啊，早安。」

我在不知不覺間停下了腳步，因此今天是對方先向我打招呼。

「早安。雖然很唐突，但請問〈小星星〉的演奏時間大概有多久呢？」

「這……我吹的這段大概是兩分鐘左右。」

「這樣啊。」

基本上樂曲大多都在幾分鐘內就會結束。就算是交響樂曲也大概三四十分鐘，連那知名的貝多芬第九號從頭演奏到最後也差不多一小時。說穿了，不管怎麼說，若要連續演奏三十六小時，只會是一場苦行吧。

「話說，如果有一首曲子要演奏三十六小時，妳會怎麼想？」

「不是三十六分鐘，而是三十六小時嗎？呃……該怎麼說呢，無論如何一整天都演奏不完，感覺非同小可呢。」

河岸邊女孩也是感到很驚訝的樣子。能得到這樣有常識的反應真令人開心。

「而且還是合奏曲。」

「請問，那有辦法演奏嗎？」

真是極為正經的意見。我也想知道一樣的事。

「我也不知道。是說，不曉得還有沒有其他這麼長時間的曲子呢？」

「就我所知，艾瑞克・薩提有一首名為〈煩惱〉的曲子，演奏起來好像需要十八小時的樣子。其他還有像是徒有樂譜的，需要花上好幾百年的曲子，以及會永遠持續反覆下去沒有結束的曲子等等，之前有在什麼地方讀到過呢。」

「作曲家還真是不得了啊。」

超越傻眼或感到恐怖，我只能欽佩不已。原本就覺得恭介是個相當古怪的傢伙，看樣子歷史上還有做出更多不得了的樂曲的人。

「聽到這些例子，就會覺得三十六小時也滿短的嘛。」

「不，要讓活生生的人來演奏這點應該非常困難。畢竟那些演奏時間超乎常規的曲子，基本上要不是從來沒有人演奏過，就是都由電腦處理。」

「那剛才那首〈煩惱〉呢？」

「據說曾由好幾位演奏者輪流演奏過。但這並不是合奏曲。」

如果是獨奏曲，只要有十個人，或許就能用輪流的方式持續演奏下去。

即使如此都非常辛苦了，很不巧地恭介留下來的曲子還是合奏曲。演奏所需的人數也要更多。

「是說，那個長達三十六小時的合奏曲是怎麼回事呢？」

「喔，其實啊——」

我正打算像是講個笑話一般，說起關於〈真空中聽見的聲音〉的事情。

不過時間似乎太晚了。

在我眨眼的那個瞬間，無論少女，還是她拿在手上的小號，所有的一切都從我眼前消失而去。

簡直就像一場夢境。我只能這樣形容。

微弱的朝陽從東方的天空照耀而下。這就是原因所在。

我至今體驗過好幾次類似的事。

伴隨著黎明到來，會消失的不只是她而已。打工時會看見的那些穿著各式各樣服裝的人們，也都會因為朝陽而看不見。

我自己認為應該是像所謂幽靈那樣的東西吧，又或者是我的妄想或幻覺。但無論何者，應該都沒有太大的差異。

這四年來，我的世界改變了。

恭介死了，我不再吹小號，升上高中也開始打工，而且唯有在昏暗的時候能看見的東西變多了。

我不知道這樣的日子該說是成長還是退化。但我的身體一點一點習慣了這樣的生活步調。

我很喜歡只有在夜幕還沒完全褪去時能看見的那片景色。

也很喜歡在這個河岸邊側耳傾聽小號的樂聲。

然而若是真的要演奏恭介做的〈真空中聽見的聲音〉，為了實現這件事就會越來越忙碌。或許能在這個河岸邊度過的時間也會跟著縮短。

這讓我有點傷腦筋。

帶著近似憤恨的眼神抬頭看向東方的天空，我獨自想著這些事情。

留下的只有昨日的約定

若要說中井恭介是某方面的天才，我直到現在也認為他應該是惹人生氣的天才。

他確實能做出風格獨特的樂曲。但相對的，他是個除此之外什麼都辦不到，或者該說是不去做的傢伙。

因為想到一首好曲子就毀約的次數不在少數，而且不重視規矩這點，更讓那傢伙的校園生活陷入一片渾沌。比起同學，他跟老師起爭執的次數肯定更多。

恭介不會演奏樂器。他姑且還是挑戰過好幾次的樣子，但好像認為自己沒有那份才能，很快就放棄了。

「就算多少練習過幾次樂器，也發不出我想像中的聲音。就這點來說，樂譜優秀多了。只要有紙筆，就能發出一如我想像的聲音。可說是偉大的發明之一。」

對恭介來說，這世上偉大的發明似乎只有三個。

一個是樂譜。就算不使用樂器，也能發出想像中的聲音，恭介侃侃談論過好幾次這點是多麼優異。

另一個是公車。那傢伙很討厭在外頭走路，所以很常搭乘大眾運輸。尤其是公車的下車鈴設計，我還記得他稱讚過那有多好。

最後一個則是冰品。

恭介是個就算惹人生氣也覺得無所謂的那種傢伙，唯獨惹他妹妹生氣時就會傷透腦筋。

因為無論買五線譜、補充用筆，甚至準備隔天學校要用的東西，全都是中井妹妹在替他打理。

恭介可以不用苦惱於日常的雜音並持續作曲下去，最重要的就是有她的幫忙。

但恭介不會去顧慮他人的想法。一年當中大概會有兩次因為不經意的一句話，而惹惱了個性寬容的中井妹妹。

唯獨這種時候，恭介會靠著自己的雙腳，走到附近的便利商店買冰品回來。

他知道只要有這個貢品，妹妹的心情就會轉好。

所以他才會認為冰品是這世上最偉大的食物，並深信不疑。

看他就連要向我道歉都拿出冰品的時候，我的怒氣也跟著消弭，甚至忍不住笑了出來。

像這樣無關緊要的瑣事，我到現在都還記憶猶新。

＊＊＊

「以實現演奏為目標，總之請你先寫入社申請書吧。」

一早，中井妹妹在階梯的轉角處對我這麼說。

其實她是想再跑來教室的，但我不想被同學跟朋友多加追問，就請她換了個地方。

記憶中的中井妹妹還是個小學生。雖然髮型跟當時沒什麼改變，但光是從她現在沉著的態度看來，感覺已經不會被冰品收買了。

「這我是會寫啦。那下一步該怎麼做才好？」

「首先要從跟管樂社交涉開始呢。因為我還沒提議要在校慶演奏〈真空中聽見的聲音〉這件事。」

「從這件事開始啊。感覺就很困難呢。」

為了實現這場演奏，看來第一步就是要從說服管樂社開始。

說穿了，中井妹妹推給我的是難以解決的問題。

我根本想不到有什麼可以實現演奏三十六小時的方法。只要稍微設想一下，就會知道問題堆積如山。

首先是地點。

體育館的舞台不可能三十六小時都提供給我們專用。如果是音樂教室或許還能使用，但就算是校慶期間，到了傍晚還是得關門。想毫無間斷地連晚間也要持續演奏的話，在哪裡演奏就是一大問題。

接著是人員。

如果真的要三十六小時進行合奏，就得考量到輪流演奏才行。如此一來，就會需要更多人員來參與演奏。雖然不知道究竟要湊齊多少人才足夠，至少現在只有十個人的管樂社人數是絕對遠遠不足。

還有練習時間。

校慶是在每年九月上旬舉辦。現在是四月底，就算立刻開始練習，期間也只有四個多月而已，總覺得會有點不安。何況還要演奏一首三十六小時的樂曲，無論有多少練習時間都嫌不夠。

這些問題恐怕不用我講，中井妹妹肯定全都設想過了。

即使如此她還是堅持要做的話，那我也沒必要特地講這些令人討厭的話，倒不如替她想些可能有辦法順利進展下去的方法。

「如果是大石，說不定會很乾脆地答應，總之先試著去拜託她一下好了。」

「相馬學長，你跟大石社長很熟嗎？」

「我們去年跟今年連續兩年同班，所以是比較有在接觸。但我不知道她是管樂社的社長就是了。」

不論男女，大石是那種對誰都能毫無隔閡地搭話的女生。而且充滿行動力跟活力，因此在辦活動之類的時候，常會處在班級的中心。

不過，她也有著憑一股衝勁行動，不會深思熟慮的一面。

去年校慶時，直到決定好「大家一起做巨大布丁吧！」為止都還不錯，但沒有考慮過預算及容器等細節，後來受了好一番折磨。最後做出來的，是也不足堪稱巨大的布丁。

如果是這種個性的大石擔任社長，說不定會憑著一股衝勁答應進行三十六小時的演奏。趁著樂觀的想法還沒消去的現在，我抵著牆充當桌面，在入社申請書上簽了名。

「簽好了啊。那我們就去音樂教室提交申請吧。這個時段大石社長總是會在那裡進行晨間練習。」

「如果只是要交給大石，我也可以在教室裡跟她碰面時給她啊。」

「這種事情可以的話就盡早解決。」

中井妹妹大概是想親眼看我提交入社申請書吧。她可能在懷疑我會趁她不注意的時候揉一揉就扔掉了。

距離開始上課還有半小時左右。只是去一趟音樂教室不會費多大的功夫，因此我也坦率地順著她的話去做。

「但話說回來，還有晨間練習啊。我聽說管樂社人數很少，沒想到在社團活動方面還投注了不少熱忱嘛。」

「不，並非如此。晨間練習是自由參加，會去練習的只有社長跟另一個學姊而已。」

看來社團活動的規定並沒有太嚴苛。真是太好了。

音樂教室就位在走廊的最底端。雖然門開著，但從中沒有傳出吹奏樂器的聲音。

「社長，妳真的打算參加音樂大賽嗎？」

沒聽見演奏，但相對的，裡頭傳出語氣生硬，感覺還有點神經質的說話聲。那讓人聽起來都會跟著感到緊張。

我跟中井妹妹面面相覷。從音樂教室散發出一股難以介入的氣氛。中井妹妹似乎也有所察覺，她並沒有不假思索地直接侵門踏戶。

我們悄悄朝著教室裡探視了一眼。

音樂教室當中，社長大石正在跟另一個社員講話。雖然不認識她，但那應該就是中井妹妹剛才說的會參加晨間練習的學姊吧。既然我完全沒印象，對方想必是二年級的學生。

「我對社團設定的目標抱持疑慮。」

面對學妹的一番話，大石皺起臉來。眼前的學妹並沒有撇開視線，當面跟她對峙。

在那副眼鏡後方的雙眼正直直地盯著大石。

兩人之間散發出嚇人的緊張感。甚至可以看見龍虎相爭的背景幻覺，彷彿還能聽到猛獸發出「嘎喔」的咆哮。這麼說來，龍是會發出怎樣的聲音啊？

「參加音樂大賽並以晉級全國為目標，就這麼奇怪嗎？」

從大石的發言聽來，管樂社應該是打算參加音樂大賽。

既然如此，演奏〈真空中聽見的聲音〉這項計畫馬上就觸礁了。要參加音樂大賽的話，光是練習比賽曲就夠忙了，應該沒時間再只為了校慶練習〈真空中聽見的聲音〉。

但另一方面，那個學妹似乎持反對意見。

「這個目標只是空談。如果是要參加人數少的小規模比賽就算了，論及全國音樂大賽太不切實際。」

「A部門並沒有最低人數限制吧。」

通常管樂社會參加的音樂比賽分有好幾個部門，但全國音樂大賽只有在那當中的A部門而已。以高中生來說，這個A部門有著五十五人以下的人數限制。由於限制是「以下」，就算只有十人或二十人都能報名參加。就這點來說，大石這麼說並沒有錯。

但其他學校都會以上限五十五人滿編的規模參加吧。無論音量還是音質的渾厚程度，人數少的隊伍要勝過滿編參賽者的可能性微乎其微。

而且若要晉級到全國音樂大賽，就得在京都大賽中勝出，進而突破關西大賽才行。想要靠著少少十人社員勝過一大批強校這種事，正如學妹所說的，是近乎不可能的空想。

「假設接下來可以成功招募到新進社員，總人數了不起只能撐到三十人。但只是湊齊人數也沒有任何意義。」

學妹這個意見也說得很對。

就算招募大成功，讓社員人數超過五十五人好了，問題也不是迎刃而解。畢竟管樂社是個要進行合奏的社團。

過世的兒時玩伴恭介曾經說過，合奏本來就是不成立的音樂。

就算只有一個樂器，想按照樂譜演奏都很困難了。

何況還是好幾個人，而且更是不同樂器演奏出的樂聲，怎麼可能有辦法相互配合。就算辦得到，也只會變成跟樂譜本來想傳達出的音樂截然不同的東西。他曾說過這種話。

所以，那傢伙才會從來沒有做過合奏曲。

唯一的例外就是那份遺作〈在真空聽見的聲音〉。

雖然我也不認為那傢伙說過的話全面正確，但他說要以整齊的樂聲演奏相當困難這點，確實所言不假。

「如果要參加音樂大賽，就以在京都大賽之中奪得銀牌為目標之類，這樣的方針還比較實際。」

「什麼嘛，抱持遠大的目標是有哪裡不好了嗎？」

如果只是要以全國音樂大賽為目標，那當然是個人的自由。只不過那就跟我現在說出要加入棒球社並以打入甲子園為目標一樣不切實際。

大石不高興的態度讓學妹一度語塞。

然而，她最後還是選擇了不退讓。

「如果只是要大家一起演奏，也不必絕對要執著於參加音樂大賽才是。」

「簡單來說，妳只是不想為了參加音樂大賽而拚命練習吧。只是不想付出努力，並悠哉地進行社團活動而已吧。」

「我並不是這個意思。」

「妳要是不滿意我這麼做，那就離開啊。」

我差點都要不小心發出「啊」的輕呼了。

就算是在吵架的時候，有些話也是不能說出口。

「我會這麼做的。」

眼看學妹轉身就朝著我們這邊走了過來，我跟中井妹妹連忙躲到門的遮蔽處。快步走出音樂教室的學妹眼神沒有亂瞥，就這麼直直在走廊上前進。

她們的談話似乎告一段落了，但我現在沒有勇氣向大石搭話。中井妹妹似乎也是做出同樣的判斷，於是我們再次回到剛才那段階梯的轉角處。

「是個好機會呢。」

一來到樓梯轉角處，中井妹妹若無其事地這麼說。我們明明目睹了完全相同的狀況，看來是抱持了完全相反的感想。

「怎麼會啊。從剛才那個狀況看來，感覺甚至連穩定的合奏都辦不到喔。」

那樣別說是三十六小時的演奏了，就連第一個音要整齊吹奏都有困難吧。

「所以說，只要利用剛才那樣相左的意見，或許就能將參加音樂大賽的方針集中到校慶的演奏上了。」

校慶通常都會演奏受觀眾歡迎的名曲。至少我在國中管樂社時是這樣，而且好幾次在高中校慶上看到的演奏亦然。

「這就端看交涉結果了吧。萬事拜託了。」

「還真的是要我去交涉這件事啊。」

「比起我這個新生，由相馬學長去說服大石社長才比較妥當吧。」

從大石剛才的態度看來，她的耳根子確實沒有柔軟到足以聽進學妹的意見。

在我的印象中她並不是一個那麼固執的傢伙，看來平常跟面對社團活動時的態度還是不一樣吧。

「我很期待相馬學長的交涉手腕喔。」

「放心吧。我最擅長背叛他人的期望了。」

嘴上半開玩笑地這麼回應著，我也苦思起該怎麼跟大石開口才好。

上課時，我偷看著人在靠走廊座位上的大石。此時此刻看起來並沒有覺得不開心，但應該也沒忘記早上跟人鬧得不愉快的事情吧。要向她提起這點就得拿出非常大的勇氣。

即使如此，總覺得今天做了像在偷窺的事情。

這讓我感到厭惡，並閉上了眼睛。

上課時，教室裡充斥著各式各樣的聲音。老師講課時催眠般的聲音。粉筆在黑板上寫字的聲音。也能聽見自動鉛筆在筆記上劃出的聲音。每一道聲音都有各自的節奏，那些全都凝聚在這個空間裡的狀況很是熱鬧。

即使是這樣的聲音，如果可以完美地相疊在一起，也能構成一種音樂。要是辦不到的話，依然只是不足掛齒的雜音。

合奏也是一樣的原理，要是不同人所演奏出的不同聲音無法整合為一，就無法組成音樂。

見到大石跟學妹起的爭執，讓我回想起一件事。

以前我所屬的國中管樂社氣氛也是不太好。以音樂大賽為目標的社團，氣氛總是很緊繃，我到現在還記得學長姊跟顧問老師都很凶。

即使如此我還是沒有離開管樂社，應該也是因為合奏讓我覺得很開心吧。直到國中之前，我只有獨奏過而已。所以在管樂社體驗到合奏那時，那種非常新鮮而且心跳加快的感覺，我直到現在都還記得很清楚。

我並不是覺得獨奏很無聊。但合奏時可以因為跟他人的聲音交疊，呈現出自己吹奏不出來的樂聲。將各式各樣的聲音統合在一起，就能產生自每一個聲音無從想像的音樂。

所有人的樂聲要配合在一起，當然不是件簡單的事情。就算同樣是小號的部分都很難了，在沒有指揮的狀態下還要跟其他樂器進行合奏更是不可能。即使有指揮，也要費一番功夫。

正是如此困難，當樂聲都配合在一起的時候心裡產生的成就感令人難以忘懷。不管反覆練習多少次都吹奏不出來的部分，順利合奏出來時的心情也是。所以無論社團的氣氛再糟，我才都能忍受下來。

但除了自己之外還有其他人一起演奏這件事，也不必然是一件好事。

無論再怎麼努力，人可以控制的頂多還是只有自己。光是如此都做不好了，還想跟其他人一起協力完成一件大事並不容易。

國中的時候我並不了解這一點。所以才會跟恭介吵起來。

說是吵架，但在生氣的人也只有我而已，那傢伙總是一臉不明白我感到生氣的癥結點在哪裡的樣子。

就在這樣一如往常我單方面的吵架期間，那傢伙過世了。

在那傢伙的葬禮上看見中井妹妹的身影，我直到現在還能鮮明地回想起來。正因為如此，看到她現在很有精神的樣子，我多少也感到放心了點。就算她將近乎不可能的難題推到我身上，比起那個時候，現在還是好多了。

「相馬，你來答這題。」

「啊，是。」

被老師點到名字之後我便站了起來。說不定我剛才是在半睡半醒之間。只見直到閉眼前都還不存在的算式此時正出現在黑板上。

以結論來說，我還是不知道該怎麼向大石開口才好。而且我也不知道眼前這個題目的答案是什麼。真傷腦筋。

時間就這樣來到了午休。

我依然掌握不到跟大石說話的時機。如果只是要跟她說個笑話，隨時都能找她搭話，偏偏這次並非如此才格外困難。

當我苦惱著，正不知道該如何是好，並一邊整理課本時，大石便自己朝我靠了過來。

「你今天早上在音樂教室附近晃來晃去吧。」

「咦，被妳發現啦？」

「你們那樣是自認為躲起來了嗎？兩個人我都看得一清二楚耶。」

看來就算自己覺得有躲起來，似乎也是會被對方看見。真是太不小心了。

「找我有什麼事嗎？」

「喔～其實……」

難得對方主動來提起這件事，我總不能錯過這次機會。

看是要向她提議演奏長達三十六小時的〈真空中聽見的聲音〉，或是要她跟學妹和好，改善社團內部的氣氛也行。

但如果要只講一件事，應該就是這個了吧。

「我想問咖啡跟紅茶妳比較喜歡哪一個？」

我本來只是想緩和一下氣氛才會做出這個選擇，結果大石馬上就擺出一張臭臉來。

我大概沒有被同班同學用這麼冷漠的眼神看待過吧。

「相馬，你老是會這樣瞎扯耶。」

「就是說啊。小時候很常亂打馬虎眼，結果被爸媽跟老師罵。」

「我能想像。」

大石這麼說著，便傻眼地笑了。

「我只喝水。至少在退出管樂社之前都是呢。」

留下一句「掰掰」，大石就漸漸走遠了。她應該是要跟朋友去吃午餐吧。

白白浪費了這次千載難逢的機會，我也只好去學生餐廳吃午餐了。

這麼說來，我又錯過提交入社申請的時機。那份文件就像遲遲給不出去的情書，一直收在制服口袋當中漸漸熟成。

「那個，不好意思。你是相馬學長，對吧。」

當我離開教室，走在走廊上的時候，忽然間就被人叫住了。

才想著究竟是誰，就發現是今天早上跟大石起爭執的那個女生。

「我是二年級的宇佐見志保。我是聽一年級的中井得知學長的事情。你似乎要加入管樂社？」

「嗯。但還沒提交入社申請就是了。」

雖然若無其事地這麼回答，但我還沒理解現在是什麼狀況。宇佐見為什麼會叫住我呢？而且中井妹妹又是想做什麼？她刻意告訴宇佐見我這個人的事，應該是有什麼目的才對。

「相馬學長為什麼事到如今才要加入管樂社呢？」

「咦，難道是不歡迎我加入嗎？」

「不是的。但三年級的學生應該會忙於準備大考吧。其他學長姊都這麼說，就退出社團了喔。」

「是這樣啊。不過也真意外，我以為基本上社團活動都會持續到夏天呢。」

管樂社如果要參加全國音樂大賽，就得拖延到十月底才能退出社團。如此一來，肯定會對準備大考造成影響。

話雖如此，前提是管樂社能夠晉級到全國音樂大賽。不然基本上在縣市大賽，或是校慶過後就會退社了。但不管怎麼說，春天就退社未免也太心急了。

所以，社團內部恐怕有發生過什麼爭執吧。

「學長，關於音樂大賽的事情，你是怎麼想的呢？」

「我沒什麼特別的想法。宇佐見，那妳呢？」

「我已經覺得事不關己了。」

「是因為熱情不再所以事不關己，還是認清現實才覺得事不關己呢？」

「都是。去年大家都在管樂社的活動當中傾注了很大的熱忱。在抱持野心的顧問老師指導之下，社團成員都齊心協力，演奏方面也成長到前所未有的地步，結果卻只得到京都大賽的銀獎。而這也成了一個契機。」

我不覺得銀獎是多麼難看的成果。但那只是以我的觀感來說。對宇佐見而言，應該是個與付出的努力不相符的結果吧。

「今年，那位顧問老師到其他學校赴任，這也壓斷了最後一根稻草。高年級的學長姊紛紛提早退社，我的同學們也都到其他社團去了。」

看樣子管樂社成員不足的問題，是起因於去年的音樂大賽。這在幾乎身為局外人的我聽來是件沉重的事情。

「去年我們無時無刻都在練習，社團成員之間有時也會起衝突。以音樂大賽為目標的這個社團，氣氛簡直差到極點。一有失誤就會開始找戰犯，就連同一個樂器部門內的聲音都配合不好，那個平時個性溫厚的顧問老師也怒吼過好幾次。」

我非常能夠想像。以前我待過的國中管樂社雖然不至於這麼嚴重，但在以音樂大賽為目標的那段期間，氣氛確實很緊繃。

只要社團活動著重於在音樂大賽中留下的結果，多多少少都會產生摩擦。

為了提高合奏的完成度就必須練習。

要是反覆練習好幾次還辦不到的話，指導的人會覺得煩躁，社團成員也會感到厭煩。

如此一來會發生在全體練習中像是獵巫般指出特定的部門進行反覆練習，而在部門當中也會發生找戰犯或是推卸責任等狀況。

「即使如此，要是可以晉級到關西大賽，就算無緣晉級，至少在京都大賽中贏得金獎，或許還能成為一段美好的回憶。然而結果並非如此。」

就像宇佐見所說，在音樂大賽中留下的佳績，就會成為跨越各種衝突及困難所得到的結果。無論那過程有多麼痛苦、艱辛，只要能在音樂大賽中得到滿意的成果，那些全都能化作美好的回憶。

相對的，若是沒有獲得佳績，那也無法轉化成美好的回憶了。

這個管樂社並不滿意去年的成果。即使如此，應該還能再奮起才是。但是，也不能去責備這份挫折。

「然而今年竟然還是以晉級全國為目標，我實在是無法接受。」

所以大石今天早上才會在音樂教室跟宇佐見吵起來啊。

「宇佐見，那妳為什麼沒有退社呢？」

「因為我並不討厭演奏這件事情本身。」

「也就是說，妳反對的是執著於晉級全國這件事啊。」

「去年有顧問老師的指導，社團人數也夠，但即使如此還是沒能脫穎而出。在這樣的前提下今年也還要挑戰，不過是社長的執著而已。那個人簡直被詛咒了。」

「詛咒啊……」

在我的臆測中，或許是前任社長說著「明年一定要晉級」，並將這個社團交付到她手中吧。就算在社員一個個離開的現況之下，大石還是想守住這個目標。而宇佐見就將這稱作一種詛咒。

「難道社團活動就必須在音樂大賽中留下成果，受到他人認同才行嗎？想要樂在其中地演奏，並讓我們自己滿意就好，難道是一種怠慢嗎？」

「不，沒有這回事。樂在其中地演奏，並不等同於因為怠惰而選擇輕鬆的那一方。所以這也不是什麼問題吧。」

無論要追求在音樂大賽中留下成果，還是要定下除此之外的目標，都只是方針不同而已，並沒有優劣的差別。

一如往常地練習，並進行演奏。只是那個成果並非交由他人來判斷，光是這樣也夠辛苦了。不會說是一種怠慢。

「那我就放心了。既然如此，就請相馬學長去說服大石社長吧。」

「啊～結果是這樣啊。」

我不知道中井妹妹是怎麼跟宇佐見介紹我這個人。但唯一能肯定的是，她為了阻斷我的退路而唆使宇佐見來找我吧。就算是我，聽了這種事情之後，也總不能半途而廢。

但話說回來，無論中井妹妹還是宇佐見，似乎都覺得只因為我是大石的同學，就能輕鬆說服她的樣子。

很可惜的，我既不是咒術師也不是祈禱師，因此沒辦法解決詛咒那種問題。

不過，我能想像得到越是拚命地活著的人，就越容易受到詛咒。

「麻煩你了。」

甚至還被很有禮貌地敬禮了。

如此一來我也該下定決心，找大石好好聊聊了吧。

放學後，我將入社申請遞到走出教室的大石面前給她看。

「我會加入管樂社。所以妳就請我喝杯果汁吧。」

「這是哪門子的交換條件啊？」

大石傻眼地搖了搖頭。

我並不是口渴。這是我想遍各種在大石去參加社團活動前可以留住她的方法，所得出的結果。比起煞有其事地用「我有話要跟妳說」作為開場白，這樣還能比較輕鬆地向她開口。

「真拿你沒辦法耶，買個飲料給你就是了。」

我不知道她有沒有看穿我的目的，總之大石是答應了。

由於自動販賣機位於校舍外頭，離開教室之後，我們一起走下樓梯。放學後的學校裡嘈雜四起，充斥著開朗的解放感。

會在這麼快活的氣氛中擺出一臉陰沉表情的傢伙，想必是個相當的怪人吧。

「來，這樣總行了吧。」

那個怪人大石將一瓶在自動販賣機買的礦泉水朝我丟了過來。

「咦，好歹請我喝甜的果汁吧。」

「管樂社社員的身體也是樂器的一部分。要去參加社團活動之前，當然不能喝含糖的東西啊。」

我以前也有聽說過，攝取了含糖的東西之後進行演奏的話，會對樂器造成不太好的影響。儘管糖分混著唾液一起進到管內確實是不太好，但也並非只是喝了果汁就會造成絕大的負面影響。也是有人不會在乎這一點。

但能肯定不會帶來好的影響就是了。既然如此，徹底做到演奏前只喝水這點確實沒錯。

不過說穿了，我本來就沒有打算要吹奏樂器，但現在要是把這件事拿出來講會很麻煩，所以就先別提了吧。

「所以呢？你有事要跟我說吧？」

看來果真被她看透了。都被她發現今天早上我在一旁偷看她跟宇佐見起爭執的樣子，想必也知道我是要找她講什麼吧。

「那我就開門見山地說了，既然要加入社團，我當然想要開開心心地參加社團活動。如果妳跟學妹鬧翻了，拜託盡早和解吧。」

「我知道。」

大石也給自己買了一瓶水，並喝了一口。

「相馬，你也覺得要參加音樂大賽是不可能的嗎？」

「我覺得要以晉級全國為目標還是太不切實際了。」

我們學校的管樂社晉級到全日本音樂大賽，跟進行三十六小時的演奏，還真不知道哪個比較實際呢。正確來說兩者都不切實際就是了。

「其實啊，我自己也知道這是不可能的。不但社員減少，就連之前的顧問老師也離開學校了。」

說來悲傷，但高中社團活動並不是端看學生的努力就能拿出成果的事情。尤其是管樂社，跟其他文化性質社團相比，指導者更顯重要的社團活動。感覺跟運動性質的社團有點像。

指導者跟設備。首先要具備這兩者是一大前提。

接下來要備齊好幾項優勢條件，才總算能以夢想著全國大賽進行練習。然而現狀是連這個前提條件都沒有通過。

「我的意思也並非不以晉級全國為目標的管樂社就沒志氣，但我希望社團能有個目標。畢竟之前以音樂大賽為目標時，整個社團都上下齊心，度過了一段很充實的時間。」

我很明白大石所說的意思。

只要眼前有個該去做的事情，就會沒時間去想其他無關緊要的事。這就是最大的好處。對我來說，清晨的打工正是如此，而對大石來講，那應該就是社團活動吧。

宇佐見去年在管樂社裡並沒有留下什麼美好的回憶。另一方面，大石卻認為那是一段充實的時光。

在同一個場所度過同一段時間的兩人，抱持了完全相反的想法，其實也是一件可以理解的事情。每個人都是不同的個體，會用不同的角度去看待同一件事情也是理所當然。

「為了社團，我說不定還是早點退出比較好。」

大石自言自語似的喃喃說著。這句話可不能隨便聽聽就算了。

「咦，那難道我就變成社長了嗎？好耶。」

「怎麼可能啊，笨蛋。要指名的話，我會交接給宇佐見。那樣應該就能轉變成感覺還不錯的平穩社團，我也可以專心準備大考，所有問題都解決了吧。」

看來，大石還滿信賴宇佐見的。

不管怎麼說，正因為信任對方，才能毫無顧慮地將自己的意見全面提出來吧。有個可以放寬心吵架的對象是很寶貴的。害我都不禁羨慕了起來。

「其實我也想再更好好地放棄就是了呢。」

很少聽見「好好地放棄」這種說法。這讓我覺得有些在意。

「怎樣才叫『好好地』？」

「你想嘛，我總不可能一直吹奏樂器下去吧？或許上了大學還會接觸到，但現在也無法斷言還會不會繼續。所以想好好地走到一個段落再放棄。不然感覺就會有所留戀啊。」

她這個想法讓我莫名認同。尤其是「好好地放棄」這個說法讓我特別喜歡。沒想到我竟然會有對於大石說的話感到佩服的一天。

「既然妳說一個段落，那就不再執著於晉級全國了嗎？」

「我剛才也說過了，那絕對是不可能的吧。其實我一直以來都心知肚明。但我只是認為，就算不可能，以全國為目標還是有其意義才是。」

「確實很困難呢。」

我回答的話使不上力，長長地拖了個語尾。

面對失去的事物無能為力，辦不到的事情就算竭盡全力也是辦不到。像這樣索然無味的現實在生活中處處皆是。

我自己的意見跟宇佐見比較接近。就算要執著於音樂大賽，我也不想太過勉強。

但是，我也不想否定大石的意志。

大石有著明確的目的，也為此做著她能辦到的事情。先不論她的做法或是選擇說出口的話正確與否，我並不想否定這件事情。

像是這種時候，如果是懷抱著信念或志向的人，應該可以果斷地說出一些帥氣的話，但很可惜我辦不到。所以我要好好思考接下來該說什麼。

我感受到的音樂之美，在於不用強硬地分出勝負。

雖然也會有優劣之分，但這並不是不這麼做就無法成立的東西。

確實會震攝於一流交響樂團的演奏，話雖如此，在河岸邊聽見的簡樸演奏也十分具有魅力。沒有必要替所有演奏及音樂強行分出勝負。

根據成績及考試結果，身為學生的我們光是活著就會被分出優劣及程度的上下。

既然如此，做個不執著於勝負的事情也不錯吧。

「我只是舉例，如果有個不是音樂大賽，但感覺也不錯的目標，妳覺得如何？」

大石追求的是團結起來朝著目標前進的充實的生活。

而宇佐見追求的是不被他人評論的社團活動。

若是想同時滿足兩人的願望，只要有個除了音樂大賽以外的目標就好了。不會受到世間的評論，但要是沒有傾注熱忱去做也無法實現的那種目標。

「你說的感覺不錯，舉例來說像是什麼呢？」

「既有趣又史無前例，不但能讓人拿出幹勁，要是順利演奏成功了，屆時還特別有成就感的東西。」

「有那種東西嗎？」

有。

但是，我本來不打算要今天說出來的。在我內心某處，也期望著中井妹妹的演奏計畫會因為看不見實現的可能性而停擺。

然而現在別無他法了。

「……其實有一首名為〈真空中聽見的聲音〉的合奏曲。是至今都沒有任何人演奏過的獨創曲，而且演奏時間更是長達令人驚異的三十六小時。」

這個提案一定會順利通過。無論說出口的時機點還是說出這件事的對象，所有條件都太完美了。以我來說，是表現得太過能幹。

聽完我這麼說的大石雙眼漸漸亮了起來，而我的心情就跟她成反比地漸漸暗沉下去。

「那麼，三十六小時的演奏後來怎麼樣了呢？」

結束了清晨的打工。

回家路上的河岸邊總是會遇見的那個身穿黑褲襪的少女，在演奏告一個段落之後開口這麼問。

「妳還記得啊？」

「那麼令人印象深刻的事情很難忘記吧。而且，之前話也才講到一半而已。」

的確，昨天話才講到一半，太陽就升起了，也因此無法好好聊下去。今天的時間就比昨天還更充裕了。

「我之前是想問問妳覺得如果要演奏三十六小時的合奏曲，該怎麼做比較好呢？要湊齊怎樣的條件才有辦法實現？」

「真是有趣的假設呢。」

跟她聊天時，有件事情要留意，那就是不過度深入。

我從不提起名字、家人或校園生活的事，也不論及她究竟是不是幽靈的話題。對方也是一樣，都不會向我問起個人的事情。我覺得應該要重視這樣的距離感。

所以關於演奏時間長達三十六小時的〈真空中聽見的聲音〉，在跟她談論時，我也只當做一個假設的問題。

「如果是大人，還是有錢人的話，或許可以簡單實現呢。」

「啊，那也太狡猾了。」

理論上，只要包下一個音樂廳，並組成一支數百人規模的演奏團隊，就有可能三十六小時進行演奏吧。雖然不知道那究竟需要多少費用，但光憑我的打工收入感覺是杯水車薪。

不過中井妹妹希望現在這個時機點進行演奏。因此也只能在身為高中生的我們觸手可及的範圍內實現這件事才行。所以，我在這個假設裡多加上一個條件。

「那就當作幾個普通的高中生要靠自己去演奏好了。這樣還會有什麼方法呢？」

「既然是合奏曲，就要先從可以一起演奏的人開始招募起。找管樂社來幫忙應該是最妥當的吧。」

「我也是這麼想。」

現在正好是執行了這個方案，並剛向前跨出一步的階段。

昨天放學後，大石聽完這件事情，立刻就把我帶回音樂教室，向社員們提案了。結果大家很乾脆地通過了這項決議。就連那個宇佐見都表示贊成，讓我只能感到驚訝不已。

我對於那番光景感到一陣暈眩，就沒有繼續參加後來的社團活動，早早就回家睡覺了。接著起床打工，直到現在人在這裡。在河岸邊度過的這段時光，對我來說是一種療癒。

整件事情一如中井妹妹的計畫統整了起來，大石心情大好，宇佐見也沒有任何不滿。

但想實現演奏〈真空中聽見的聲音〉，還是有很漫長的一段路程要走。

「那要是管樂社的人數非常少，該怎麼辦？」

「這……傷腦筋，我一時之間也想不到解決辦法了。」

「抱歉，條件設定成這樣有點太亂來了吧。」

話雖如此，但我面臨的現實正是這麼亂來的狀況。

確實是朝著實現演奏向前邁進一步了，但我根本不願去數距離終點還有幾步。

「不，我覺得滿有趣的。而且也對長達三十六小時的曲子產生了興趣。那麼長時間的演奏固然辛苦，但聽眾也會滿辛苦的呢。」

「就是說啊。」

靠意志力努力的話還是可以維持清醒，但三十六小時可不是能讓人專心聽一場音樂的長度。

說穿了，恭介一直以來都只做幾分鐘長度的獨奏曲而已。那恐怕是因為恭介他自己可以乖乖坐著傾聽一段音樂的時間，幾分鐘就是極限了吧。

這樣的他，最後做的曲子長達三十六小時，而且還是合奏曲。

恭介為什麼要留下這樣的遺作呢？他真的有想要給人演奏的意思嗎？就算真的演奏出來了，任誰都聽不到最後的曲子，又有什麼意義呢？

全是一些怎麼想都不明白的事情。

「雖然不知道作曲的人有什麼意圖，但沒有任何聽眾的演奏，總覺得有些寂寞。」

她說出口的話，像是融入了黑暗之中一般輕細，能聽見的人恐怕就只有我而已。

早上我一到學校，就聽見不知道從哪裡傳來的小號樂聲。

在操場練習的運動社團的呼聲，混著較早到校的學生及老師充斥在校園各處的腳步聲，小號的音色低調地流洩著。

或許之前也一直都有人在吹奏，但今天還是我第一次留意到。我的雙腳下意識就朝著樂聲的方向找去。

隨後我抵達的並非教室，而是音樂教室。雖然門關著，但樂聲還是傳到外頭來了。

小號在演奏的曲子是〈鴿子與少年（註2）〉。這是最適合在早上吹奏的曲子了。我還記得國中的時候，跟管樂社裡同部門的同學像是在較勁般勤加練習這首。雖然後來被當時的學長姊罵「去練習指定曲啦」就是了。

現在能聽見的這段演奏，音階都十分準確。比起節奏感或演奏氣勢，更加著重於吹出正確的音。比起有好幾隻鳥兒一口氣振翅高飛，更像是一隻隻整齊地列隊在空中翱翔那般，讓人覺得一絲不苟的演奏。

我從門上的小窗探視進去。

正在吹奏的人是宇佐美。

樂器會隨著吹奏的人不同，而產生不一樣的聲音。尤其小號的差異在我聽來格外顯著。

宇佐見的樂聲一板一眼又認真，跟我清晨在河岸邊聽見的演奏又截然不同。恐怕跟我以前的演奏也不一樣吧。

要是她們都演奏起恭介做的曲子，那傢伙會怎麼想呢？這樣的想法在我腦中一閃而逝。

宇佐見的演奏結束，並放下了拿在手上的小號。她的視線完全轉向我這邊，我也只好認命地打開了教室門。

「演奏得真好。」

註2　動畫《天空之城》的配樂。

「晨間練習時，我一定會吹這首曲子。總覺得這樣就能完全清醒過來。」

「這倒是。」

總覺得我也跟著清醒過來了。

「其實我應該昨天就要說的，但回過神來才發現學長已經離開了。關於社長的事，請讓我現在對你說聲謝謝。」

宇佐見用一樣完美的敬禮對我道謝。

「多虧了相馬學長，讓社團有個這麼有趣的目標。」

「妳跟大石已經和解了嗎？」

「昨天午休時就已經和好了。是大石社長向我道歉的，所以我們之間也沒有心結。」

她說昨天午休，就代表是在宇佐見跟我第一次說話之後，立刻就跟大石和解了。我完全不知道這件事。

「那傢伙向妳道歉了啊？」

「是的。她跟我說了『今天早上我說話的語氣可能不太好』喔。」

「那真的算是道歉嗎？」

「光是特地跑來找我，就已經是誠意十足了。」

「宇佐見，我覺得妳太寵大石了。」

「或許吧。不過我還滿喜歡一心想著要如何帶領整個社團的社長。」

沒想到她還滿受愛戴的。

大石無論好壞，就是個單純的人，我也有點能明白無法討厭她的那種心情。

「但話說回來，我還真沒想到三十六小時的演奏提案會被正式採用，也嚇了一跳。」

「這樣聽起來，感覺就像相馬學長不想參與演奏似的呢。」

宇佐見淺淺一笑，但對我來說這可不是玩笑話，而是毫無虛假的真心話。

人就是會對於「獨一無二」之類的詞沒轍。像是期間限定或是數量限定那種。我自己也的確很喜歡就是了。

「我原本以為宇佐見會反對呢。」

「才不會呢。我並不是不想努力，只是不喜歡執著於不切實際的事情。」

「三十六小時的演奏也夠不切實際了吧。」

「需要通宵演奏這點確實如此，但如果是要從早演奏到晚，感覺也是辦得到的事。以音樂大賽為目標進行練習那時，也差不多是這樣的練習量。甚至還曾集訓過喔。」

可怕的管樂社。

跟其他文化性質的社團相比，有在鍛鍊肌肉就是不一樣。為了演奏樂器就是需要消耗這麼多體力，這也無可厚非，但即使如此還是很可怕。

「而且輕鬆跟樂在其中是兩碼子事，對吧？」

的確是聽人說過這種話。是誰說了這麼帥氣的名言來著？啊，就是我。

總之，多虧了大石，管樂社決定要在校慶上演奏恭介做的〈真空中聽見的聲音〉。

然而，現在就要認定已經得到管樂社的協助，應該還言之過早。現在還有其他尚未解決的問題。

「啊，相馬。你在這裡正好。」

這時，大石進到音樂教室來了。我原本以為她可能是在其他空教室進行晨間練習，然而她手上現在沒有拿著樂器。

「欸，我跟你講。」

大石感覺怒氣沖沖地吊起了眉。

「三十六小時的演奏，被顧問老師駁回了。」

我就知道。雖然心裡這麼想，但要是說出口感覺就會被罵，我還是別說比較好。

既然管樂社是學校社團活動的一環，無論如何就會需要顧問老師的許可及協助。

但顧問老師是大人。通常大人都會比我們還更加受到常識的長久洗禮。

對這樣的人說「我們想在校慶進行三十六小時的合奏」會得到的什麼樣的結果，可說是洞若觀火。

大人不會因為「感覺很有趣」這樣的理由就採取行動。

要說服顧問老師，可就不會像大石那時一樣順利了吧。我甚至連要好好說明事情原委的方法都沒有任何頭緒。

這讓我覺得，要演奏〈真空中聽見的聲音〉，果然還是一件無法實現的事。

在靜止的時間裡

在我國一的時候，祖母過世了。

那年夏天酷暑難耐，蟬鳴不絕於耳，我直到現在都還記憶猶新。

不知道祖母覺得我的演奏聽起來如何呢？我有沒有讓憧憬小號的祖母感到滿意了？從父母口中聽見祖母的死訊時，我第一個想到的就是這些事。

「這樣啊。」

在教室碰面的時候，我跟恭介說了「才藝班的課我要請喪假」之後，那傢伙這麼喃喃低語著。

「人會死呢。」

那個時候的恭介，露出了簡直像是第一次得知這件事一般的表情。他那個神情，我直到現在還能鮮明地回想起來。那天的恭介比平常還要寡言，看起來一直像在沉思一般。

＊＊＊

為了平靜心情，我緩緩地嘆了一口氣。

接著抬頭看向眼前的住家。

兩層樓的獨棟房子，地下室有一間隔了兩道門的隔音室。白色的外牆在太陽的反射之下顯得格外耀眼。即使有在凌晨時來送過報紙，也很久沒有在大白天來到這裡了。

如果沒有什麼特別的事情，我大概一輩子都不會再來了吧。

就連確實有要事的現在，我依然很想找個藉口離開。

「你覺得身體不舒服嗎，相馬學長？」

中井妹妹對我這麼問起的話本身是很溫暖，語氣卻很冷淡。

我不願放棄地掙扎著眨眼好幾次，希望下次睜開雙眼的時候，眼前會變成截然不同的建築物，但很可惜的是沒有任何改變。

中井家現在依然凶猛地俯瞰著我。

「我以為被女生找去家裡會是更讓人心跳加速的事情。」

「從你現在的表情看來，似乎也夠心跳加速了才是。」

「這不叫怦然心動，而是心悸好嗎？會讓人身體不舒服的那種心跳加速。」

我最後一次造訪這個家是在四年前。現在我也沒有積極地想踏入其中。

「雖然沒有別的意思，不過老師在家嗎？」

老師，也就是恭介的母親，是那十年間教導我小號的恩師。

但自從恭介死後我們就沒碰面，逢年過節也沒有彼此問候。更重要的是，我最近打破了最後跟老師立下的約定。基於這樣的愧疚，她目前暫時穩坐了我不想碰面的人物排行寶座。

在那之前一直都是不想碰面的人物當中排行第一的中井妹妹，對於我的提問只是平淡地答道：

「不在家。她現在不是在家裡教課，而是到外頭教小號。」

「哦，這樣啊。」

這讓我覺得鬆了一口氣，又感到有點可惜一般，有種兩者皆非的曖昧感受。

至少那間隔音室已經沒有在用了吧。

十年來，幾乎每星期都會觸碰到那個門把的觸感，似乎再次重回掌心，讓我覺得害怕不已。我伸手讓掌心摩擦著褲子，想擦拭掉這份感傷。

「吶，你們到底是在聊什麼事啊？」

另一個同行的人——大石感到費解地歪著頭。沒能加入我們之間的對話，似乎讓她覺得有些不滿。

我沒有仔細跟大石說過我跟中井家的關係。

頂多只有跟她說過我認識作曲人，也見過中井妹妹這樣程度的說明，除此之外也不是要特地說給人聽的事。別人的回憶對聽的人來說也沒什麼有趣的吧。

「請別在意。好了，請進吧。」

中井妹妹也沒有打算要多做說明，一邊催促著大石，便打開了自家大門。

「究竟會有什麼樣的樂譜呢？好期待喔。打擾了～」

大石感覺也沒有放在心上的樣子，便踩著雀躍的腳步跟在中井妹妹身後進到了屋內。我也盡可能裝作平靜的態度，到他們家中叨擾。

中井妹妹打開了位在玄關旁樓梯走上去馬上就能看見的那扇門。那裡曾是恭介的房間。

「啪」地電燈隨之亮起。

「天啊。」

就像是看見令人發毛的東西一般，大石驚呼了一聲並皺起臉來。會有這樣的反應確實很自然。

恭介的房間堆滿了紙張。無論床上、桌上、書架上等，所有觸目可及的地方全都在紙張的支配之下。看起來像是房內積起了白雪一般。

氣氛就跟恭介還在世的時候一模一樣。唯有這個房間的時間停住了似的，這確實令人發毛。

「這些全是樂譜嗎？」

「是的。雖然也有些是空白的五線譜，但堆積在地上的幾乎都是〈真空中聽見的聲音〉的樂譜。」

我再次體認到這分量有多驚人。即使只是一部分，但中井妹妹願意將這東西帶出門的毅力值得尊敬。

「竟然做出這麼不得了的曲子，可見中井同學的哥哥是個很有才華的人呢。」

「是的。哥哥以前幾乎每天都在作曲。那些全是不受形態拘束的獨創樂曲。」

「然後曾經演奏過那些曲子的，就是相馬啊。」

「沒錯。他總是很有熱忱地進行演奏。」

「看著現在的他，實在很難想像那樣的身影呢。」

中井妹妹看起來有些自豪的感覺。應該是聽人稱讚恭介，讓她感到很開心吧。

「欸，相馬。你從剛才開始是不是就很安靜啊？平常明明都會講些廢話，說個不停。」

「沒有啊，我只是有點發呆。欸，我可以回去了嗎？我不在場也沒差吧。」

「別說這種傻話好嗎，難道你忘記我們是要來這裡做什麼的？」

「我當然記得啊。」

我們之所以會像這樣造訪恭介房間的原因。

契機就是今天早上在學校走廊發生的事情。

＊＊＊

「不管來幾個人，不行就是不行。」

教物理的原義昭老師一看到我跟大石，就感到厭煩地這麼說。才看到我們就擺出這種態度，看來大石的交涉手法應該很亂來吧。

原老師是今年才就任不久的男性教師。年齡大概三十幾歲吧。我只有在開學典禮上看過他上台跟大家打招呼，並沒有實際上過他的課。在這之前我甚至不知道他是管樂社的顧問老師。

因此，我完全不知道他是個什麼樣的人。體型清瘦的他看起來好像很神經質，但這只是我的個人偏見。除此之外，就只有覺得他穿白袍的樣子滿帥氣的而已。

「如果是有常識的曲子就算了，我怎麼可能認同那種莫名其妙的企畫。」

我一句話都還來不及說，就出現極高的敗北可能性了。在相伴一起過來的大石做出反駁之前，我悄聲向她詢問現在的狀況。

「是說，妳是怎麼跟原老師說明的？」

「照實講啊。說我們要在校慶完整演奏一首長達三十六小時的樂曲。」

跟我想的一樣。

大石做事很有行動力，但可以說幾乎沒有交涉的能力。在向我招募的時候也是。講得好聽點是衝勁十足，但說得難聽點就是做事不經大腦。

「也太亂來了吧。突然間說出這種超脫常理的事情，妳以為人家就能自然接受嗎？」

「我就很自然地接受了啊。」

「那是因為大石妳啊，該說是想法比較特別嗎……」

有不有趣、喜不喜歡，或者是好是壞。大石是會將事物塗上原色去明確劃分開來那種類型的人。

如果這世上所有人都像大石這樣的話，事情就單純多了。不過，這樣的世界還真討厭啊。色彩還是多樣一點比較好。像是小學的時候，坐擁一百二十八色彩色鉛筆的傢伙就是英雄嘛。

「好歹也先準備一下如何解決長時間演奏這個問題的點子之類的再來說吧。」

「那些就是我想跟顧問老師一起思考解決辦法的事啊。難道這樣不對嗎？」

「如果是在常理範圍內的事情，我當然會陪你們討論。」

原老師用平常講話的音量參戰了我跟大石之間的悄悄話密談。就算話講得再小聲，人就近在眼前，即使想忽視也很難吧。這好像讓老師多加顧慮了，總覺得很不好意思。

「但這次的提議實在太不切實際。問題多到我都懶得去數了。」

「也是呢～畢竟管樂社的社員人數很少嘛。」

比起是在討原老師的歡心，我以坦率的感想表達同意。雖然大石對我投來一記嚇人的眼神，就像在質問我究竟站在哪一方似的，但我只是回以曖昧的笑容並蒙混過去。

「不只這點。首先地點就是一大問題。還有，身為教師，我不可能同意你們不眠不休地進行三十六小時的演奏。再說了，這樣究竟要花多少時間練習？要是練習期間會影響到學業，那我更是不能睜一隻眼閉一隻眼。」

像這樣被人一一點出無法演奏的理由，感覺很是新鮮。至今我都是向中井妹妹說「這不可能」的那個人。

原老師並沒有說出任何不講理的話。他指出的都是我能接受的問題點。

「而且就算演奏不知名作曲家創作的沒沒無聞的曲子，任誰都不會聽得開心吧。說穿了，就算真的進行長達三十六小時的演奏，又是誰有辦法聽下去呢？」

之前也在清晨的河岸邊被指點出沒有人能將〈真空中聽見的聲音〉從頭聽到尾，可說是抱持著以音樂來說最致命的缺陷。只要得知演奏時間長達三十六小時，任誰都會發現這個顯而易見而且重大的問題。

「所以說，你們還是重新想想要在校慶上演奏的曲目吧。不參加音樂大賽這點，我也贊成。社團活動是為了能在念書的空檔喘口氣，在那上頭耗費太多時間及勞力並不太好。」

留下一句「就這樣」，原老師便結束這個話題，在走廊上跨步離去。

「相馬果然幫不上忙。」

大石責怪我的口氣就像是在鬧脾氣的孩子一般。那副模樣滿可愛的，害我差點就要笑出來，要是如此就絕對會惹她生氣。所以我露出認真的表情回應她：

「不然是要怎麼反駁他說的那些問題啊？」

「不用反駁也沒關係，你好歹想個辦法辯到那個人啞口無言吧。」

「嗯——也是呢。」

先不論能不能辯倒顧問老師，但想要實現這場演奏，也必須說服他才行。看來需要想個手段。

「原老師認定的問題點之一，在於〈真空中聽見的聲音〉是由不知名作曲家創作的，沒沒無聞的曲子對吧。」

「他好像還說了任誰都不會聽得開心之類的話。」

「他這麼講，簡單來說問題就在於無法保證表演成果如何。就算沒沒無聞，只要他能理解這是一首有趣的曲子，這一點至少就解決了。既然如此，首先只要讓他知道同一個作曲家所創作，長度也在常識範圍內的樂曲就好。」

「意思是拿樂譜給他看，讓他知道作曲家是個能創作出多麼有魅力的樂曲之人嗎？」

「如果只是單純把樂譜拿來，他會不會看也不知道就是了。」

教師的工作繁忙，如果只是拿樂譜過來，他真的會過目的可能性很低。

而且理所當然的是，樂譜跟實際上的演奏大相徑庭。

只有樂譜也好，就算他真的看了，也不能保證可以從譜面傳達出那首樂曲具備的某種元素。

「好吧，畢竟是音樂嘛，讓他聽聽看就是了。雖然做法很迂迴，但以相馬來說這個提議還算不錯。不過真的很迂迴。」

「沒必要說兩次吧。」

「既然如此，就必須拿到其他曲子的樂譜才行。我這就去跟中井同學商借一下。」

中井恭介這個人做的是什麼樣的曲子。

對方要是無法理解這個問題，想進行長達三十六小時的演奏這件事，甚至都還吃不到閉門羹。既然如此，就算做法迂迴，還是仔細向他介紹一下樂曲比較好。

要是恭介的樂曲有著令人著迷的力量，這也將是實現演奏〈真空中聽見的聲音〉最短的捷徑吧。

不過前提是樂曲當中真的具備那種力量就是了。

＊＊＊

事情就是這樣，於是到了現在。

我們之所以會造訪恭介的房間，是為了尋找要拿來說服原老師所必備的樂譜。

令人傷腦筋的是，確實有著我要同行的理由。

「別發呆了，相馬你也來找樂譜啊。我希望是一首可以彰顯出這位作曲家實力的曲子。關於這點，誰會比較清楚呢？」

「中井妹妹。」

「不，是相馬學長。全都演奏過的就只有相馬學長而已。」

她說的對。而且過去的事情更是無從改變的事實。就是因為中井妹妹跟大石說了這件事，我才會像這樣同行來到恭介的房間。

無奈之下，我也看向書櫃，開始物色起來。

演奏長度短，而且塞滿了中井恭介寫下的音符及演奏記號的曲子。腦中雖然浮現了好幾首，但這種時候回歸原點比較好吧。

「就挑〈日不落之夜〉如何？」

這是恭介做的第一首曲子。也是年幼的我第一次從頭到尾完整演奏過的曲子。長度約一分鐘左右。

「我知道了。」

走過我身旁，中井妹妹進到恭介的房間裡。接著就沒有任何遲疑地朝著書櫃伸出了手。

「請看。」

「謝謝。哦，曲名真有品味呢。」

接過樂譜的大石用手指輕撫過用馬克筆寫在資料夾封面上的曲名。

這挑起了我的惡作劇之心，便想揭露一些小知識。

「替曲子命名的不是恭介，而是中井妹妹喔。」

「咦，是這樣啊？」

「現在回想起來感覺滿害羞的。」

從她若無其事的態度看來，似乎也沒有特別感到害羞。

恭介在死前寫了一百首以上的曲子，但他對任何一首都不帶有任何執著。正確來說，是他在聽過一次演奏之後就會失去興趣吧。所以不曾給自己做的曲子命名，也沒有很重視地在保管樂譜。

對此覺得太浪費而無法容許的就是中井妹妹。她仔細整理了要是繼續這麼放任下去真的可能會被拿去丟掉的樂譜，放入資料夾並收進書櫃裡，還替每一首曲子題名。

曲名之所以感覺都有點奇怪，應該是她的命名品味本來就很獨特的關係。

「是說，這曲名是什麼意思呢？」

「這是取自諺語。既然夜晚已經降臨，也不用急著回家。衍生為不用慌慌張張地，凡事都要沉穩進行的意思。」

面對大石的提問，中井妹妹不知為何看著我這麼回答。

難道她是在說我做事都慌慌張張的嗎？不，或許是我多心了。

「還有，相馬學長。避免你產生誤會，我話先說在前頭，〈真空中聽見的聲音〉是哥哥命名的標題，不是我取的。」

「恭介命名的？怎麼可能。」

「我沒有說謊。難道我曾替尚未演奏過的曲子命名嗎？」

「是沒有……」

中井妹妹總是在我演奏結束之後，才替曲子題名。從來沒有在我演奏之前就先命名好的例子。

如果中井妹妹所言不假，那麼〈真空中聽見的聲音〉就是唯一一首那傢伙自己命名的曲子。雖然有點難以置信，橫豎也無從確認起了。就算感到介意也沒轍。

「但現在要怎麼辦？恭介以前做的曲子全都不是合奏曲。管樂社也不能用吧。」

就我所知，恭介只做獨奏曲。

以這點來說，〈真空中聽見的聲音〉也是特例。或許比起這麼長的演奏時間，恭介做出合奏曲這件事更令我感到訝異。

「那就由我來編曲，並配合管樂社的狀況。」

「妳會編曲啊，真是厲害。」

「我也是一天天在成長的。」

簡單來說，編曲就是再加上一道功夫改編既有的樂譜。

以這次的狀況來說，就是要將小號獨奏曲〈日不落之夜〉改寫成管樂用的樂譜吧。這感覺不是一件簡單的事情，但如果是一直以來都在最靠近的地方接觸恭介曲子的中井妹妹，應該是能順利完成。更何況她從小就給我凡事都能做到的萬能印象。

「這麼說來，相馬學長，聽說你提出了要說服顧問老師的提案呢。」

「姑且是有個想法啦。但我還是覺得要演奏〈真空中聽見的聲音〉不太可能耶。」

就算這個提案真的可以說服顧問原老師，也並不是跨越了所有難關。

當大石在專心確認樂譜時，我壓低音量跟中井妹妹說了我的想法。

「最大的問題還是在於要怎麼在夜間演奏吧。」

雖然場地、人數，還有練習時間也是一大難題，但最困難的還是得徹夜持續演奏這點。

「就算要在校慶上演奏〈真空中聽見的聲音〉，頂多也只能到傍晚而已。沒辦法連續三十六小時進行演奏。」

即使想用換場地解決這個問題，事情也沒有那麼單純。既然要合奏，就必須是大半夜也能容許發出響亮樂聲的地方才行。

而且搬運樂器也不是一件簡單的事。想要不中斷演奏並進行長距離的移動也太亂來了。

「如果不用執著於連續演奏三十六小時，至少可以區分成幾個小時演奏就好了。」

「那可不行。一定要連續三十六小時，而且不中斷地演奏才可以。」

中井妹妹執著於要連續演奏三十六小時這點。

但這同時也對演奏〈真空中聽見的聲音〉這件事造成妨礙。

「不然妳說大半夜的是要怎麼演奏？」

「關於這點，我有一個妙案。」

看來中井妹妹有在思考具體對策。

她不是說名案而是妙案讓我有點在意，但照這樣子看來，或許這場演奏真的能夠實現。

可以的話，我希望自己可以站在從觀眾席後方守望這場盛事的立場。

「所以，為了商量這件事情，我希望可以跟相馬學長借點時間。」

「事情果然會變成這樣呢。」

中井妹妹似乎無論如何都想把我拖上舞台。

「時間就約在凌晨一點左右可以嗎？」

那是我打工前寶貴的睡眠時間。可以的話我很希望她能放過我，但應該是不可能的吧。

突如其來地襲上一股疲憊感，我不禁將身體靠上了走廊的牆。

看來，我沒辦法拒絕中井妹妹的請託。而且飄散在中井家這股令人懷念的氣息，感覺也不容許我逃避。

「我知道了，到時候我會來這裡接妳。啊，頂多只能講到我打工之前喔。」

「謝謝學長。那就今晚見了。」

「嗯，我非常期待。」

我口是心非地笑了笑。

好久沒有像這樣因為夜晚的到來而感到憂鬱了。

比平常更晚回到家，睡了覺之後，又比平常更早起床。我甚至在還沒換日的時候就先清醒過來，並做好準備，騎著腳踏車去接中井妹妹。

「晚安。」

到了約定的時間，只見中井妹妹牽出腳踏車，在自家門前等我到來。跟之前在打工中遇見的時候不一樣，現在的她穿著色彩明亮的便服。

「不過都這麼晚了，一個女生還到外頭遊蕩，真虧老師容許妳做這麼超脫常軌的事。」

「你就這麼在意媽媽嗎？」

我在意的是中井妹妹的人身安全，但要是這麼說了，想必會被她嫌棄地說是多管閒事。而且我也確實很在意老師的事。

「請別擔心。我平常也會跟認識的男性單獨散步，而且媽媽也知道這件事情。」

「喔，這樣啊。有經過老師的同意就好。」

她如果在這麼晚的時間還一個人行動確實令人擔心，但如果有一起散步的同伴就稍微放心一點了。不同於恭介，既然她會跟人社交，朋友應該也很多吧。

中井妹妹沉默地緊盯著我。她的表情看來好像有話想說。

「怎麼了嗎？」

「我之前就這麼想了，但相馬學長是不是還把我當成小孩子看待呢？我已經不是小學生了喔。」

這種事情不用她特地講出來我也知道。但會用跟以前相似的方式看待她，也是無可厚非的吧。

「或許是因為妳給人的印象沒什麼改變，才會下意識變成這樣吧。」

明明與人應對的態度很成熟，卻還留著孩子氣的麻花辮，很引人注目。她念小學的時候也是一樣的髮型。

或許是注意到我的視線了，中井妹妹伸手壓著自己長長的麻花辮，用抗議般的口吻說：

「我是為了讓你就算許久不見也能認得出是我，才會刻意綁成這樣的。實際上，相馬學長也確實立刻察覺是我了對吧？」

「這麼說倒是沒錯。」

但既然我已經知道是中井妹妹了，就沒必要執著於以前的髮型了吧。

話雖如此，對人家的髮型說三道四的也很沒禮貌。搞不好又會被說成是在把她當小孩子看待。

「等一下我會送妳回來。啊，這可不是把妳當成小孩子看待喔，而是基於安全考量。」

「好的，謝謝學長。那我們走吧。請跟我來。」

追著默默踩起腳踏車的中井妹妹，我也踩下了腳踏板。

對於清晨的時候騎機車，上學的時候則是騎腳踏車的我來說，若要穿梭在京都街上的話，騎腳踏車是最方便的。雖然騎機車很快，但很難找到停車的地方。相對的，腳踏車的停車場就很好找。

離開中井家之後，馬上就走過一条戻橋，並穿越堀川通的東方。似乎是要就此沿著路燈照亮的道路走下去。

不知道中井妹妹是要去哪裡呢？真不想走太遠啊。現在雖然靠近我家，但離打工的地方又更遠了。

「就是這裡。」

當我在內心這麼抱怨的時候，中井妹妹就在一扇巨大的門前停了下來。

在這座城市當中，任誰都知道這扇敞開的大門是通往什麼地方。

「難道是要經過御所嗎？」

「沒錯，我是這麼想的。」

「是說，這麼晚了也能進去嗎？我都不知道。」

「御苑的部分二十四小時都能進去。」

通往位於京都市中心京都御苑的大門，也就是乾御門確實是敞開的。

嚴格來說，御所其實是指京都御苑的中心處，但當地人基本上都把整個御苑稱作「御所」。至少我身邊的人都是這樣稱呼的，所以進到這扇大門之後，對我來說就是御所了。

「我不知道妳是想去哪裡，但也沒必要特地經過陰暗的碎石路吧。」

御所中鋪滿了碎石路，走起來是很開心，但騎腳踏車的話就會難以通行。很多人在去上班上課通勤時都會穿過這裡，因此平常會騎在細細的車道上，但在四周這麼暗的狀況下也很難分辨出來。

「我要去的地方就在這裡面，所以繼續前行就對了。安全起見，我們還是下腳踏車用走的吧。」

推著頭燈還開著的腳踏車，中井妹妹走進了大門。我也同樣跟上前去。

這還是我第一次在這個時間踏入御所，總覺得有點緊張。就算打工時會經過這附近，也不曾進到裡面來。

御所裡的走道很寬敞，因此視野也跟著廣大了。就只有走在這裡的時候，天空看起來比平常還要遼闊。自然景觀也很茂盛，通勤時總是會走經這裡的人應該覺得滿幸福的吧。

「這麼說來，相馬學長是相信有幽靈的那種人嗎？」

「就跟相信有外星人差不多吧。」

「那我就放心了。」

我不知道是哪裡令她放心了，不過中井妹妹似乎是要前往位於御所的兒童公園。我還小的時候，媽媽也有帶我來過。那是遠在我開始學習小號以前的記憶了。

就在這時，從遠方傳來微弱的聲音。

不，這很明顯就是樂聲。而且好像還是管樂。

「不知為何，我好像有聽見〈寶島〉耶。」

沒錯。聽這輕快的節奏以及很有特色的薩克斯風獨奏，就是〈寶島〉。對於所有曾待過管樂社的人來說，這是無人不知的名曲。

光是聽著就會覺得心情隨之開朗起來的旋律，從深夜的兒童公園那邊傳了過來。演奏得很棒，曲子也選得很好，然而太不適合現在這個狀況。

「相馬學長果然也能聽見呢。這讓我鬆了一口氣。」

我知道中井妹妹停下腳步並轉身面對我，但四下實在太過昏暗，以至於我看不清她的表情。

「要是相馬學長在此跟我說沒聽見的話，這項計畫就會擱置下來了。」

她的話聲聽起來似乎有點開心的樣子。不過，這或許只是我受到現在仍在持續演奏的〈寶島〉所影響，而產生的誤會罷了。

兒童公園裡有一群正在演奏樂器的人。不知為何看起來就像浮現出來一般的他們，手上全都拿著各自的樂器。不只是小號跟薩克斯風而已，可能連低音號跟低音提琴都搬過來了。

總共似乎有五十人以上。

不分性別，而且各年齡層都有，從最小的大概小學生年紀的女生，到很適合留著一頭白髮的老年人，全都齊聲演奏著。就連指揮都有。聲壓十分驚人。這種身體裡的水分都隨之撼動的感覺，就只有聽見現場演奏時才能體會得到。

我知道他們是何方神聖。這並非認識他們的意思，而是唯有在深夜才能看見的他們，恐怕就是幽靈吧。

所以才能像這樣將大型樂器帶進兒童公園，即使演奏音量這麼大也沒有人前來指責。能看得見他們這些幽靈的身影，還能聽見這番演奏的人恐怕不多。

即使如此，不只是我，竟然連中井妹妹也能看見，讓我頗感意外。

五分鐘左右的演奏結束之後，指揮朝我們這裡行了一禮。我跟中井妹妹便拍手讚揚這場演奏。

「妳說可以持續演奏的妙案該不會就是——」

「沒錯，我想請這些人幫忙。如果是他們，要在深夜演奏就沒問題了吧。」

如果是幽靈的演奏，就算時間點是在深夜時分，周遭也不會有人跑來抱怨。這可是相當令人感激的事情。

而且，參與演奏的人數也無話可說。

雖然我不知道幽靈的體力以及睡眠方面的狀況，但就算要輪流演奏，應該也可以從深夜持續演奏到天明才是。

「但是，他們願不願意幫忙又是另外一回事了吧。這些人之所以演奏，應該都只是自己覺得開心而已。」

「這就端看交涉成果了。我姑且有先跟他們的代表打過招呼，至少不會吃上閉門羹。」

「既然妳認識，那自己去交涉到最後不就得了。」

「因為，我不太會說話。」

這很明顯就是在說謊。她應該只是想把我牽扯進來而已吧。

「你有看到嗎？她就是代表。」

中井妹妹揮了揮手，演奏隊中拿著小號的人物就朝我們這邊靠近了。

「啊。」「啊。」

我跟對方同時發出了這樣憨傻的聲音。沒想到會在這種地方巧遇意料之外的對象時，就會發出這種奇怪的聲音。

作為演奏隊的代表來到我眼前的人物，就是平常在河岸邊會碰面的黑褲襪女生。

「怎麼了嗎？」

中井妹妹感覺可疑地抬頭看著我。

或許沒必要隱瞞我認識黑褲襪女生的事情，但我並不想為此多做說明。

要是說起我跟她都是怎麼度過在河岸邊的那段時間，恐怕會讓中井妹妹誤會我簡直對小號還有所眷戀。也算是為了避免產生這種沒必要的誤解，在此蒙混過去才是最好的方法吧。

「她太漂亮了，害我嚇了一跳。」

「啊？」

以蒙混的藉口來說，這應該是最爛的一種。中井妹妹冷淡的態度現在感覺又更冰冷了。但一時之間就是說不出什麼機靈的話。還是放棄吧。

接下來就端看對方的反應了。

無論我怎麼打馬虎眼，對方要是揭露了在河岸邊的事情，那也沒有意義。

「初次見面，妳好。我是相馬智成。」

我試著刻意強調了彼此是第一次見面的關係。

「你、你好，初次見面。我是河合華。」

自稱河合的黑褲襪少女似乎察覺了我的意圖，馬上就以初次見面的態度回應。幸虧她是個懂得察言觀色的人。至於是不是這樣就能蒙混過中井妹妹，也很難說就是了。

就這樣，我們第一次向彼此介紹了自己的名字。

這還是我第一次跟一個人在認識了幾年之後才彼此做了自我介紹，總覺得很有趣。

但與此同時，心裡也產生了一種可惜的感覺。

「相馬學長，你是從什麼時候開始可以看見他們的呢？」

離開兒童公園之後，我們改以推著腳踏車踏上歸途。應該說是被中井妹妹這樣搭話之後，錯過了跨上腳踏車的時機。

拜託他們協助在夜間演奏〈真空中聽見的聲音〉之後，沒想到大家很乾脆就答應了。

這也是多虧中井妹妹帶來開頭部分的樂譜，不只是河合，就連其他幽靈都深感興趣。

交涉順利到甚至讓我覺得有點沒勁。

「從我開始做送報打工那時就看見了。不過這麼長的一段時間，我都沒發現他們是幽靈。」

得知中井妹妹也能看見的現在，我才知道他們是幽靈。

但這也不代表直到昨天我認為那些全是我的妄想或幻覺的可能有就此消失。

單純自己的妄想，或是其他人也能看見的幽靈。這兩者之間究竟哪一個比較好，真是個困難的問題。

「妳又是從什麼時候開始看見的？」

「大概兩年前吧。半夜偶然間聽見了他們的演奏。當時跟我在一起的媽媽似乎沒有聽見的樣子，我就猜想他們應該是不是普通人類。」

「妳半夜還到處閒晃實在不太好耶。」

「那天是有事跟媽媽一起出門，並在回程路上發現的。而且基本上都會有我剛才說過的男性來接送我。」

「這麼說來，妳說有個散步夥伴是吧。」

無論如何，既然是有考慮到自身安全才出門就好。不，雖然還是不太好，但我也不能不厭其煩地叮囑她吧。我既不是這傢伙的父母，也不是哥哥，本來就沒有干涉她的權利。

「話說回來，相馬學長，我覺得一直用幽靈來稱呼他們並不太好。把可以清楚看見，甚至能溝通的對象當妖怪看待也太沒禮貌了。」

「不然是要怎麼稱呼他們啊？」

「我都稱他們為止者。」

「叫他們死者應該比妖怪還更過分吧。（註3）」

「不是那個死者。是指時間靜止的人，取作止者。」

這是何等命名品味。

她替恭介的曲子下的題名也是，說不定中井妹妹的感性十分獨特。感覺有點太裝模作樣。當然，我並不覺得討厭就是了。

尤其是「止者」這個稱呼，總覺得貼切到令人感到不可思議。

當我開始做這份打工時就能看見他們，也就是當我升上高中後不久的那時。我跟河合在這超過兩年的時間當中，幾乎每天都有見面。

然而她的身影卻沒有任何改變。無論酷暑寒冬，她身穿的服裝都是千篇一律，而且總是待在那個地方。那確實就像是時間靜止了一般。

「無論如何，交涉是成功了。如此一來，三十六小時的持續演奏也更為實際了呢。」

「就算幽靈……不對，就算那些止者願意幫忙，也沒有解決白天演奏的問題吧。」止者會伴隨日出而消失。也就是說，當太陽高掛天上時，還是必須想辦法讓管樂社進行演奏。關於這點，我們還沒想出解決辦法。

「是的。而且最重要的問題也還沒解決。」

「最重要的是哪個問題啊？」

註3　日文中「止者」與「死者」發音相同。

尚未解決的問題太多了，想排出先後順序都很傷腦筋。

「我希望相馬學長也能來演奏〈真空中聽見的聲音〉。關於這件事，你還沒有答應對吧。這就是以現況來說，我優先想解決的問題。」

「妳之前說過我不用演奏也沒關係吧。」

「我應該是回答『現在先不用也沒關係』。最後要是相馬學長不願參與演奏，我會覺得很傷腦筋。」

「為什麼這麼執著於要我參加？」

如果只是要演奏〈真空中聽見的聲音〉，根本不需要我的幫忙。無論是要說服大石、挑選樂譜，還是跟止者交涉，中井妹妹自己都能辦到才是。

然而中井妹妹選擇將這些事情全都推到我身上來。這應該不是為了節省她自己的麻煩吧。與其催促不甘不願的我，她自己去做還比較有效率才是。

「我想以盡可能完美的形式去演奏哥哥遺留下來的曲子。一直以來負責演奏哥哥樂曲的不是別人，正是相馬學長吧。」

「完美是吧……」

所以她才會無法容許去細分三十六小時的演奏，並推著我去演奏。

因為是哥哥最後遺留下來的曲子，所以執著於在完美的形式下演奏。中井妹妹說出口的這個理由我似乎能夠接受，但同時也覺得不太對勁。

恭介是在國二寒假時過世。

懶人恭介基本上是拒絕外出的，尤其討厭走路。根據他的說法是因為「走起路來腦海中的音樂會散掉」的樣子，但我完全搞不懂那是什麼意思。直到現在也無法理解。

所以當恭介要出門時，基本上都是搭公車。也就是那傢伙認為的人類最偉大發明其二。

明是如此，那天恭介卻走路出門了。會讓那傢伙走路出門的事情並不多。通常不是去便利商店買冰，就是要來我家的時候。

那天下著暴風雪。所以才會發生那場意外吧。

視線不良再加上路面狀況惡化等等，可能造成這場意外的原因有很多，但總之就是一台車朝著發生意外的那個行人道撞了過去。本來在十字路口等紅綠燈的路人當中有很多人受傷，也有幾個人身亡。那是在這個和平的地方罕見的大型意外。而恭介就是其中一位犧牲者。

我感到不對勁的地方就在這裡。

為什麼是現在呢？

那場意外過後已經過了將近四年。如果想演奏〈真空中聽見的聲音〉，那在恭介死後立刻著手採取行動不就得了。

然而，為什麼事到如今還要演奏呢？這點一直讓我想不透。

「相馬學長，你為什麼放棄小號了呢？」

早在我提出問題之前，中井妹妹就先開口這麼問道。

「為什麼喔……」

我強迫自己動起因為這個突如其來的問題，而差點停下的腳步。步伐下意識地跨大，並拉開了我跟中井妹妹之間的距離。

「當然是因為覺得麻煩了啊。小號真的滿重的，揹久了肩膀都很痠痛。」

「是因為哥哥的關係嗎？」

「並不是。而且原本也是一時興起啦。」

「分明都持續超過十年了？」

「我只是因為惰性才會一直持續下去。」

我本來就沒有打算要成為演奏家。也不是想開一間音樂教室。終究只是學個興趣而已。這對於我的大考或就業不會起任何助益。

「你……」

像是要擋住我前進的道路一般，中井妹妹從我身後跑向前來並開了口。

「……不，沒事。」

然而，她最後還是什麼話也沒說。

那股情緒蘊含著幾乎要湧上心頭的熱意，卻還是漸漸被掩藏到冰冷的鐵面底下。

「這樣啊。」

我也沒有該特別對她說的話。就這麼背負著厭煩又沉重的沉默繼續走下去。

為什麼人不能只聊些開心的事情呢？難道就不能只說著淺顯易懂的玩笑話，保持開朗的心情活下去嗎？

像是車站前面那間蛋糕店有多棒之類的話題就夠了。昨天在電視或是網路上看到發展出乎意料的事情，而覺得有趣又可笑地聊著就好了。這樣就能度過不多不少的平穩生活才是。

然而，為什麼還要特地把以前的事情翻出來啊？這麼做究竟有什麼意義呢？我真的完全不明白。

「你陪我走到這裡就行了。」

「我送妳回到家吧。」

「沒關係，反正就快到了。再見。」

「喔，晚安。」

我們在十字路口道別。

這裡應該就是害得恭介身亡的那場意外發生的地點。

當眼前再也看不見騎著腳踏車遠去的中井妹妹的背影之後，我自然而然地從口中嘆出大大的一口氣。

我一直很討厭經過這個十字路口。

但這是距離我家還滿近的一個路口，無論是要去高中上課，還是要去打工的地方，就連在配送報紙時，我都非得經過這裡不可。

所以我才會繞遠路。

只要時間允許，我就會迂迴地大幅繞過這個路口，走到鴨川去，並經過那條河岸邊。這麼做並沒有什麼特別的意義。只不過可以減少一件討厭的事情。

現在時間也差不多了，我就不再回家，並直接前往打工的地方。不只是十字路口而已，可能是因為還經過畢業的國中母校，讓我不禁回想起以前的事情。

我從五歲開始接觸小號。

遇見恭介，並開始演奏那傢伙做的曲子，也同樣是五歲時的事情。在那之後，反覆上才藝班及演奏會的日子，持續了將近十年。

所以我才會覺得很不對勁。

恭介都死了，就只有小號還持續吹奏下去，讓我覺得非常不對勁。就算強加上一個最像樣的理由，也只是這點程度而已。而且覺得麻煩所以放棄也是我的真心話。

事到如今，我對小號沒有任何一點留戀。

說到頭來，就連自己有沒有這麼喜歡那個閃閃發亮的樂器都曖昧不清。但再這樣下去，讓中井妹妹抱持著沒必要的誤解，也讓我覺得不太開心。

無論恭介還是小號，我都已經忘得一乾二淨。

既沒有留戀，往後應該也不會回想起吧。

我必須想辦法讓中井妹妹理解這個事實。

當我想著這些事情時，已經抵達了打工的地方，因此暫且放下各式各樣的事情，並專注於工作上。

對現在的我來說，送報的打工是日常生活中的一部分。

要是少了這件事，所有事情都會變得很不對勁。

這幾年來，生活的節奏就環繞著上課、打工，以及到河岸邊三件事情，而且順暢又圓滑地循環著。現在有實現演奏〈真空中聽見的聲音〉這件事介入其中之後，就打亂了我的生活節奏。

結束送報的打工之後，我一如往常地前往河岸邊。

那裡跟至今一樣傳來小號的聲音。但是，現在的我已經得知她名叫河合。

這樣的變化絕非小事。

「啊，早安。」

河合跟平常一樣，發現我過來之後，就對我點頭致意。我也朝她揮揮手，並打聲招呼。

「早安。剛才真是嚇了我一跳。原來妳平常都在御所演奏啊。」

「是的。話雖如此，大家都是隨心所欲地聚集在那裡，所以每天會參加的人，以及會演奏的曲子都不一樣。我之所以感覺被推舉為代表，其實也只是因為我每天都會參加而已。」

也就是說，她是在御所那邊的演奏結束之後，再到這邊來自主練習的意思啊。

「我也嚇了一大跳呢。原來你認識優子啊。」

「嗯，她是我朋友的妹妹。」

優子也就是指中井妹妹。對我來說，也不知道原來她們兩個認識。

畢竟我們都沒有在這裡跟彼此講過自己的事情，不知道也是理所當然，不過世界之小也令我感到滿衝擊的。

「優子是從什麼時候開始進出兒童公園的？」

「就這兩年吧。一個月會來好幾次，都是跟我弟弟一起來聽演奏的。」

原來如此。會接送中井妹妹的那個散步夥伴，似乎就是河合的弟弟。

「說是弟弟，那孩子今年已經十八歲了，所以就年紀來說已經超過我了呢。」

弟弟的年紀還比較大，真是個奇妙的狀態。這是因為河合是幽靈，但她弟弟還活著的關係吧。就這層意義來說，中井妹妹命名的「止者」這個說法，確實莫名貼切。

「是說，妳弟弟是個怎樣的人呢？」

「他是個認真的乖孩子喔。直到現在也是幾乎每天都會來見我。還有，他很擅長運動，從小跑步就很快呢。」

我總覺得認真的乖孩子應該是不會在深夜外出閒晃，但如果是為了見河合，那也無可厚非吧。如果要見到身為止者的她並說上話，無論如何都只能在天亮之前外出才行。

雖然我腦中閃過要謝謝他接送中井妹妹的念頭，但由我來講好像也很奇怪。還是算了。

「這麼說來，你上次說過三十六小時的演奏，原來就是指〈真空中聽見的聲音〉呢。之前優子是有跟我說，希望我們能幫忙演奏一份樂譜，但我也是直到今天才知道演奏時間有那麼長。」

「其實我們完全都還沒擬定好可以實現的計畫，所以真的非常感謝你們願意幫忙。」

想要不中斷，持續進行長達三十六小時的演奏的話，最大的難關就是半夜要如何繼續演奏下去。如果河合他們止者願意負責這一段，一口氣就能提升實現演奏的可能性。不過即使如此，還有很多尚未解決的問題就是了。

「能幫上這個忙，我也覺得很開心。而且光是聽你們講，就讓人對這首曲子產生很大的興趣。」

「但要演奏的話，還是做足心理準備比較好。我也還沒看完整份樂譜，但光是開頭就已經是個很糟糕的曲子了。這不是指曲子做得不好，而是作曲人根本沒有考慮到演奏者的狀況以及會帶來的負擔。」

恭介做的曲子總是這樣。完全沒有考量我這邊的狀況跟演奏技巧。

若要發出一個樂器可以展現的所有音域，需要很多時間以及毅力去練習。

小號的音域很廣。以我的狀況來說，是花了一年左右的時間才吹出所有音域。但恭介不會考慮這種事情。

他覺得只要在樂譜上寫下音符，任誰都能展現出那個音是理所當然的事情。這在他創作的唯一一首合奏曲〈真空中聽見的聲音〉當中也是一樣。
恭介總之會將音符塞得滿滿的。
就連運指跟換氣都幾乎要來不及的程度。
「一個不小心搞不好就會缺氧。」
畢竟這場演奏會比跑馬拉松還要更久，所以這絕非過慮。
「果然很有趣呢。這讓我越來越期待了。」
沒想到大家對恭介的曲子接受度還滿高的樣子。河合覺得滿不錯的。白天在管樂社也博得許多好感。
管樂社通常都會演奏已經流傳幾十年、幾百年的名曲。集結了各個國家歷史的那些曲子，說起來感覺就像宴席料理或是豪華全餐，既漂亮又精彩。要演奏這樣的曲子，心裡並不會覺得不滿。
但人類就是一種難以理解的生物，有時會想追求奇特的口味。應該是可以滿足這樣的欲求，所以恭介的曲子才會得到「有趣」這樣的評價吧。
不過對我來說，恭介的曲子給我的感覺比起耳目一新，懷念的感受還比較強烈。
為了演奏出這猶如珍奇野味般的曲子，當時的我拚命地練習了一番。
經年累月下來，恭介的要求變得更加嚴苛，也更不饒人。那傢伙覺得可以辦到是理所當然的事情，而我也不想說出辦不到這種話。既然如此，我也只能更勤加練習，並繼續演奏下去。

恭介從來沒有抱怨過我的演奏。

但我不覺得演奏的完成度有很高，更不認為自己有完全達到那傢伙的要求。

我也曾經想過，如果演奏恭介曲子的，是能力比我更加高強的人，又會是什麼感覺。

說不定恭介也有想過一樣的事情，所以才會留下一首合奏曲。

我無從得知這個疑問的解答。

而且事到如今，我也不會想知道。

「社團內部是禁止談戀愛的喔。」

放學後，在音樂教室中朝我靠過來的學妹宇佐見，用生硬的口氣對我這麼說。

「戀愛情感的糾葛，常會妨礙到合奏的表現。」

「確實牽扯到戀愛情事，就容易引發糾紛呢。」

話雖如此，印象中管樂社的男生並不會受到同一個社團的女生歡迎。豈止如此，總覺得甚至很少被當異性看待。國中時候的我就是這樣。

「但為什麼要跟我說這件事啊？難道這是間接對我愛的告白嗎？」

「有人目擊相馬學長跟一年級中井深夜時分走在一起。」

「喔，是因為這樣啊。」

深夜一起前往御所的那趟奇幻旅程似乎被別人看見了。我越來越覺得這座城市有夠小。都不知道哪裡會有認識的人在看著自己。

不知道那個目擊者是在去程還是回程看到我們，但對方覺得我跟中井妹妹看起來像在熱戀啊？我不覺得有營造出那樣的氣氛，但看在他人眼中竟是如此，還真不可思議。

「妳誤會了，我只是在打工前跟她碰個面而已。送報打工仔的清晨都很早開始啊。」

「學長，你在參加社團活動的同時也有在打工嗎？」

「我沒說過嗎？我之所以上了高中之後就一直擔任回家社的王牌，就是為了要去做送報的打工。」

「我不知道這件事。所以說，你跟中井很要好嗎？」

「我們只是從小就認識而已，並不是會傳出謠言的那種關係吧。」

「但是，打工前還特地碰面這點，讓我覺得不是很能接受。」

「不然宇佐見，妳改天也試著早起看看。我們一大清早就一起去便利商店猛吃薯條。」

「不會變胖的話，我也很想吃就是了。」

「你們夠囉～別再聊那些蠢話了，趕緊練習吧。」

從背後狠狠踹了一下我坐著的椅子的人，正是社長大石。

「社長，妳都不會覺得在意嗎？」

「就算男女走在一起，也不一定就代表兩人在交往吧。而且我根本不在乎社員的戀愛狀況。尤其是這傢伙。」

「聽妳這麼說，總覺得馬上就失去興趣了呢。」

可能是大石說的話很有說服力，宇佐見便聽話地回去繼續練習了。

「妳幫了我大忙啊，大石。」

「我也沒有要幫你說話就是了呢。總之，以後拜託你低調一點，別再做出會被莫名質疑的事情。就算聽起來再怎麼可疑，一牽扯到戀愛話題，女生就會浮躁起來了。」

「妳就不懷疑我跟中井妹妹之間的關係嗎？」

「當然啊。像你這種鬼扯的傢伙，怎麼可能交得到女朋友啊。」

「這理由也太過分了吧。」

「比起這種事，你很閒的話就來幫忙發個樂譜吧。」

大石手中抱著一小疊樂譜。

「那是昨天的樂譜嗎？」

「沒錯，就是你選的那首〈日不落之夜〉。中井同學配合我們社團進行編曲了，我就拿去影印出來。」

「動作真快。」

雖然只是一分鐘左右的曲子，但一個晚上就完成編曲也太驚人了。說不定中井妹妹也跟恭介一樣，具備作曲的才能。

不過大石似乎把我這句話誤會成針對她很快就將樂譜影印出來這件事所做的感想。只見她得意地挺胸說：

「當然啊。我們已經沒時間再拖延下去了。我們就猛力地將這首曲子演奏下去，讓那個不肯幫忙的顧問老師啞口無言吧。」

「猛力地讓對方啞口無言是吧。好耶，簡單明瞭。我很喜歡這種氣勢喔。」

雖然我不覺得可以這麼輕易就順利發展下去，但老是說著悲觀的話也不成任何助力。

「社員招募得怎麼樣了？」

「在那之後我招募到五個人喔，很厲害吧。照這個步調看來，說不定甚至都能出場音樂大賽了呢。」

即使如此，還是不到二十人。但為什麼大石可以這麼自信滿滿的啊？

儘管傻眼，同時我也產生了一個想法。

要裝作若無其事的話，像這樣順著話題講出口應該比較好。

「那加上我就有六個新成員了呢。」

「啊，這麼說來我還沒聽過相馬的演奏耶。你在幹嘛啦，要好好練習喔。」

「之前哪有那個時間啊。」

先是大石跟宇佐見在鬧不合，後來又被叫去跟原老師進行交涉，甚至還跟著去挑選樂譜了，幾乎沒有機會在社辦裡練習。而且一開始我是沒有打算要演奏的，所以都提早回家也是原因之一。

「我記得你會吹小號吧。都賣關子這麼久了，要是沒有表現出天才般的技巧，我可無法原諒你喔。」

這要求也太狠了。我可是有著將近四年的空窗期耶。

但我很清楚她不會留給我任何找藉口的空間。大石就是這種人。

這時，我無意間感受到中井妹妹投來的視線。

簡直就像人形模型般動也不動的臉部肌肉，跟那讓人感受到稚氣未脫的長長麻花辦，無論何時看來感覺都是這麼不平衡。

「怎麼，對我投來這麼熱情的視線，會讓我很害羞耶。」

「這樣真的好嗎？」

看來她還是不願附和我的玩笑話。

她這麼問，指的是演奏的事吧。或許昨天那番對話讓她感到很掛心。

「我有說過小號只是我的興趣吧。所以可以隨時放棄，但隨時想要重拾樂器也沒差。」

沒有任何執著。如果能透過吹奏小號，進而證實我對過去的事情沒有任何牽掛的話，方法既輕鬆也很好啊。

「來，這個就可以了吧。」

從隔壁教室回來的大石，朝我遞出了一個樂器盒。我接下之後，從中拿出了小號。

到處都有鍍層剝落的銀色小號，拿起來似乎比以前自己用過的金色小號還要更輕，但我已經不記得實際上的狀況了。

「好了，快點吹吧。」

「是是是，遵命。」

我本來還想先確認一下可以的話想先拿吹嘴發出聲音也好之類的，然而就連這樣的準備也不被容許。

無奈之下我也只好架起小號。右手的食指擺在第一個活塞，中指是第二個，無名指是第三個。照著我記憶中的方式去做了之後，總覺得還是很生疏。我真的沒問題嗎？

這時，我才發現了一件事。

教室中所有人的視線都集中在我身上。那幾乎算是恐怖片的光景了。

那該不會是飽含期待的眼神吧？說不定社員們真的誤以為我是天才演奏者。

「那個，我醜話先說在前頭，我沒辦法展現出什麼天才般的演奏喔。」

「你不用廢話了，快點吹吧。要是吹得很爛我會很捧場地笑你的啦。」

「真是謝謝妳給我如此慰藉的一劑強心針。」

做了一次深呼吸之後，我將呼息吹進小號。

真的很久違了。這樣摧殘嘴部肌肉的感覺相當懷念。嘴唇還會發麻地顫抖著。

我想演奏的是〈日不落之夜〉。

這是恭介做的第一首曲子，也是我第一次完整演奏的曲子。

雖然是想辦法發出聲音了，但音階跟音量都很不安定。音準馬上就跑掉了。

這就連五歲的我也姑且有辦法演奏的曲子。然而現在卻表現得荒腔走板，就是吹不出我想要的聲音。手指的動作也很僵硬。可說是爛到不自然的一場演奏。

不，也不至於不自然吧。

這四年來我完全沒有練習過，因此不可能演奏得跟以前一樣。就算練習了十年左右，也沒有多麼明顯的進步，不過看樣子四年就已經足夠退步到這種程度了。

這接近一分鐘的時間裡，我不斷跟難聽的樂聲搏鬥，卻也不見任何改善，在結束演奏時，教室裡充斥著苦笑的氣氛。

剛才就宣告會笑我的大石果然很捧場，而學妹宇佐見也露出不知道該做何反應的表情。她乾脆也跟著捧腹大笑還比較好。

「看來需要好好特訓一番呢。」

在這當中，唯有中井妹妹笑也不笑地說了這句話。

凡事不會全都順心如意。

然而要自己接受這樣理所當然的現實，比我想像中的還更煎熬。

從學校回家之後，我立刻就翻找起自己房間裡的壁櫥。

目的只有一個。就為了找出以前收進去的自己那把小號。

在社辦裡拿著小號吹出那麼難堪的聲音之後，我當然埋頭練習了一番。徹底練習到最晚的放學時間傍晚六點為止。

多虧了如此充滿熱忱的練習，讓我完全奪回全盛時期的實力……不，當然沒有這種事，我依然是吹得糟糕透頂。

氣不夠長，也無法機敏地運指，頭甚至都痛了起來。全身上下每個地方都衰弱不已。而且撐著小號的手真的很痛。總覺得嘴唇也腫了起來。這就是我難堪的現狀。

但是，說不定是因為小號不合的關係。只要找出我自己的樂器，應該就能奪回過往的實力。一定是這樣的，絕對沒錯。

我在心中不斷這樣找著難看的藉口，並在房裡持續找了半小時左右，卻還是沒有成果。

壁櫥裡有畢業紀念冊、揉得皺巴巴的考卷，還有好幾年前的漫畫雜誌等等障礙物，但就是沒看到我要找的那個樂器盒。

如此一來，只好使出大絕招了。去拜託比我還更了解我房間的人吧。

「媽媽！」

我跑去客廳找差不多在十五分鐘前回到家的母親。

原本在廚房準備晚餐的母親，忙碌地背對著我就一邊回應：

「怎麼啦？瞧你慌慌張張的樣子。」

「妳知道我的小號放在哪裡嗎？我在壁櫥裡都找不到耶。」

「咦？小號已經沒了啊。你之前不是說不要了嗎？」

「我、我是有說過啦……但一般來說不是會替我著想，並偷偷留下來嗎？拜託妳也跟我說『我就在想你或許總有一天會用到便留下來了』這種話嘛。」

「誰管你啊。那把小號已經送給說想要的孩子囉。比起一直收在壁櫥裡，那樣還比較幸福吧。婆婆想必也會覺得很高興。」

「話這麼說是沒錯啦……」

「怎麼，你要用到樂器嗎？我記得直笛應該還留著吧。那個不行嗎？」

「什麼直笛……媽媽，我要去睡覺了。這是在嘔氣到睡喔，嘔氣！」

我忿忿地踩著沉重的腳步聲回到自己的房間之後，發現過去的遺物四散各處，再加上灰塵，嚴重汙染了我的房間。這樣無論再怎麼嘔氣也睡不著。

當我一邊整理著翻找出來的東西，並面對房裡的髒汙時，聽見了門鈴響起。

不管是有客人來還是宅配的包裹，媽媽都會前去應門吧。我現在可是忙著清除房內髒汙。我現在被逼到進退維谷，感覺都差點要將腳邊的直笛拿起來吹了。不，還是說乾脆就用這個來演奏好了？

思緒錯亂中，當我正要伸手去抓直笛時，我身後的房門就在沒有敲響的情況下開啟。

「啊，媽媽？宅配是我的包裹嗎？」

「就某方面來說，這樣講也沒錯呢。」

當我聽見這道冰冷的話聲竄入耳中，感覺腦子都要凍僵了。回頭一看，只見中井妹妹就站在眼前。

「你要找的東西是這個吧？」

仔細一看，中井妹妹手中正拿著我懷念的樂器盒。

「那難道是我的小號？」

「是的。這是以前從你母親手中收下的。她捎來聯絡，說是相馬學長在找小號，所以我才像這樣特地拿過來給你。」

原來媽媽送出小號的對象是中井妹妹啊。我完全都不知道。

「如果相馬學長無論如何都必須用到的話，我也不是不能借你喔。」

「這樣講很奇怪吧？那本來就是我的。」

「但現在已經是我的東西了。你要怎麼做呢？」

「那就借我吧。」

「希望你能好好地拜託我。」

「是是是，拜託妳借我吧。」

「請你再多奉承我一點。」

「為什麼啊？」

「交涉時為求事情朝著有利於自己的方向進行，讓對方心情轉好是一件非常重要的事。相馬學長欠缺說出這種客套話的能力吧。你這樣會無法跟人討價還價喔。」

「原來如此，也就是說拍馬奉承豬也上樹對吧。」

「是的。雖然把女生比喻成豬，很明顯就是扣分了呢。」

「好啦，妳等我一下。」

突然間要我奉承，我也覺得很傷腦筋。需要一點時間來絞出腦汁。

「啊～明明不用打工卻能那麼早起，真的很了不起呢。」

「奉承並不是這個意思。這種時候就算是謊言，也好歹說句『妳長大變漂亮了呢』之類的吧。」

「我也很想掛在嘴邊說。但要是肉麻到牙齒痠可就麻煩了，所以這種台詞我都會留到關鍵時刻才講。」

能夠若無其事地對著女生說出這種話的人，若非真心人超好，就是壞男人。一般來說都會覺得很害臊，而無法當面說出這樣的話。

「那對相馬學長來說，怎樣才算是關鍵時刻呢？」

「當然是讓我覺得『要衝了！』的時候啊。雖然我也還沒體驗過就是了。」

「我知道了，算了。我放棄。小號借給你就是了。」

「好耶，真是幫了大忙！」

接過她遞上前來的樂器盒之後，內心猛烈地湧上珍愛的感覺，我不禁將臉頰靠過去蹭了起來。

「只要有這個，我在家也能……不，總不能練習吧。」

「不能練習呢。沒有設立隔音室就在家裡吹小號的話，會給其他人帶來困擾。」

「我知道。」

理所當然的，樂器會發出很大的聲音。要是在家裡或是路邊毫不在乎地吹奏的話，可是會被周遭其他人責備。

「我們家有隔音室就是了。」

「這我也知道。」

我在那裡上了十年左右的才藝班。中井家地下室有間完美的隔音室。說不定只要像剛才那樣拜託她，就能讓我去那裡練習了。

但說真的，要在中井妹妹的監視下練習，讓我光想就不禁打了一個冷顫。

所謂的自主練習，要不是能更加自由自在地吹奏的話，就沒有意義了。要是一個不小心撞見老師也很尷尬，因此我在內心駁回了去使用中井家隔音室的提議。

「自主練習的事情我之後再仔細想想。晚上還要打工，總之我現在要先睡了。謝謝妳拿小號過來。但拜託妳在看見我房間某個恐怖的東西之前，趕緊回去吧。」

「恐怖的東西是指什麼呢？」

「要是被人看見，我就會害羞到臉噴出火來的東西。」

「一下子牙齒痠，一下子又會噴火，相馬學長的臉部真是辛苦呢。」

中井妹妹還是一樣面無表情，但光是這句話，我就能知道她感到有多麼傻眼了。

睡了一段比平常還要短的時間，並精神飽滿地勤奮工作之後，我帶著自己的小號前往河岸邊。

關於練習的場所我試想了很多，而最後想到的就是這裡。就跟河合一起練習吧。而且在這裡就算是一大清早也不會給鄰居帶來困擾。

今天河合也在演奏〈小星星〉。

「你來了啊，相馬。啊，那該不會是……」

「沒錯，這是我的樂器。跟妳一樣是小號。」

「原來你會吹小號啊。我都不曉得呢。」

「也沒有那麼了不起啦。而且很長一段時間沒有碰了，程度跟初學者差不多。所以，妳如果可以陪我一起練習，我會覺得很開心。」

「當然可以啊。我想想……不然就吹〈小星星〉好嗎？」

「好啊，來吹看看吧。不過首先我希望妳能從基礎的部分陪我練習起。」

河合答應之後，我為了準備首先沾濕了嘴唇。

「要秉持主幹」。教導我小號的老師一再這麼叮囑。

為了可以直直地吹氣進去，也為了不讓樂音在中途偏移，主幹很是重要。這不只針對姿勢跟吹氣的方式，平常生活時就絕對不能偏移正道。我還小的時候，老師這麼反覆教導我好幾次。

在老師的這番指導下，曾幾何時或許我從頭頂到腳底確實貫徹著一根堂堂的主幹。所以在長達十年的歲月之中，我才有辦法配合恭介以及他所創作的樂譜吧。

然而現在那根主幹也斷了，全身都軟趴趴的。這真還有辦法再次挽救嗎？

我回想著這些事情，並開始挑戰基礎練習。

首先從吐音跟圓滑音開始練習起，接著再仔細做過一輪運指、音階練習以及長音等基礎練習，之後才進行演奏。

我們架起小號。

讓我自己帶來的節拍器擺動起來，並跟河合相視好確認時機點之後，就開始演奏。

我拿著跟中井妹妹借來的小號吹起〈小星星〉。我仔細地吹出每一個音，也因此吹奏出比昨天放學後還更像樣的樂音。

「你吹得很好啊。」

演奏結束之後，河合的雙眼都亮了起來。

「謝謝。雖然還有很大的進步空間，但能聽妳這樣說，我也覺得很高興。」

能比昨天還吹出更像樣的演奏，應該也不是因為手上拿的是自己的樂器吧。只是有河合的樂聲在帶領而已。

但我也很久沒有體驗到在演奏過後受人稱讚的感覺了。

老師很少稱讚我，恭介甚至從來不說感想。而且爸媽本來就對音樂不太感興趣，所以會給我送上熱情掌聲的就只有祖母跟優子——也就是中井妹妹而已。

「沒想到能吹得這麼厲害，相馬想必是很喜歡小號吧。」

「是這樣嗎？我自己也不太清楚耶。」

我是為了祖母才開始練習小號。而且是為了不輸給恭介才持續吹奏下去。現在則是為了向中井妹妹證明我沒有束縛於過去的事情，才再次拿起樂器。

仔細想想，我吹響小號的動機，總不在自己身上。我自己究竟有沒有喜歡這個樂器的瞬間呢？

「河合，妳喜歡小號嗎？」

「嗯，我最喜歡了。小時候我跟弟弟一起看的電視劇當中，主角演奏小號的身影實在太帥氣了。所以我就下定決心，要是進到管樂社，就一定要選小號。」

「喔喔，就是那個傳說中常會來見妳的弟弟啊。」

「沒錯。雖然我一直跟他說不要太常來……」

一講起弟弟的事情，河合的語氣感覺就有點消沉。

一般來說，可以再次見到死別的家人，應該會覺得很開心才是。

河合的弟弟肯定也是這麼想，所以才會頻繁在深夜前往兒童公園。然而河合看起來卻像是不樂見他這麼做的樣子。

好在意。可以的話，我想幫上她的忙。但這樣深究真的好嗎——

猶豫到最後，結果還是好奇心勝出了。

「你們吵架了嗎？」

「不，我們並沒有吵架，但我一直感到很迷惘，不知道再這樣下去好不好。」

河合的視線遲疑地游移了一下，但最後還是向我坦言了。

「弟弟是棒球社的。我還活著的時候，他是其他縣市的強校會主動前來挖角的那種優秀選手。」

「好厲害啊。也就是體育資優生吧。」

「他本來是能以這樣的身分升學。但死掉的我卻不知為何待在這裡，並偶然遇見了弟弟。他因為這樣拒絕了甄選，並到附近的高中就讀。而且還因為長時間跟我相處的關係，害得他在白天生活時，似乎都提不起勁的樣子。」

人無論如何都會想睡。

要從深夜活動到清晨的話，就必須在其他時段補充睡眠才行。就算是白天正在上課時想睡了也逼不得已。我現在也是勉強兼顧著管樂社跟送報的工作，但若要我每天比現在更早起床出門就是不可能的事。

如果不犧牲掉白天該做的某件事情，深夜時分就無法活動。

「可以見到弟弟並跟他講話也讓我覺得很開心。但是，我覺得弟弟若要為此犧牲自己，那就是不對的……像這種狀況，究竟該怎麼做才好呢？」

「嗯……」

總覺得他們雙方的心情我都能夠理解。

他們一定是感情很好的一對姊弟吧。所以只要能再跟過世的姊姊見上面並說說話，即使要犧牲其他事情也在所不惜。

另一方面，我也能明白河合會擔心的原因。她應該覺得是自己害得弟弟放棄了重要的事物，所以該肩負起這個責任。

就只有在猶如夢境的時間裡，才能再次見到辭世之人。

然而要是一直待在夢境之中，也未必是一件好事。

「說不定活著的人，還是不要跟我牽扯上太深的關係比較好呢。」

河合像是自言自語般喃喃說出口的話，格外在我耳中繚繞許久。

過了一個週末，時間來到了星期一。

很不幸的，中午過後天空就開始降雨。

就算從放學後的音樂教室窗戶往外看去，敲打在地面上的雨滴也是有增無減。短時間內，這場雨可能是不會停了。如此一來，送報時就會很辛苦。不只是配送的路程，多出一項要將報紙裝進塑膠袋裡的工作，也令人不太開心。

「相馬學長，你在偷懶嗎？」

「不，我是在祈禱這場雨別再下了。不然我騎腳踏車回家感覺也會很麻煩。」

我依然看向窗外這麼回答。

窗戶玻璃上淡淡地倒映出中井妹妹的虛像，她今天也是跟人形模特兒一樣面無表情。

「你沒帶傘嗎？」

「嗯。因為早上放晴啊。」

「真拿你沒辦法。我的傘可以借你喔。」

「咦，真的嗎？謝謝妳，真是幫了大忙。我原本還想說要做個晴天娃娃呢。」

「既然放心了，請你差不多也該練習了。」

「好啦～」

前幾天開始，河合說過的話就一直在我腦中揮之不去，讓我很傷腦筋。但想歸想，也沒有什麼我能辦到的事情。既然如此，煩惱也只是浪費時間而已。現在就來做自己辦得到的事吧。

「相馬，你來一下。關於那個顧問老師，我有事情想拜託你。」

我才剛打開樂器盒，正想要開始練習的時候，大石就在走廊那邊把我叫了過去。都被社長點名了，總不能不搭理。我不得已擱置練習，並朝她跑了過去。

「原老師那邊已經說好要用演奏〈日不落之夜〉去說服他了吧。」

「所以說，就得請他出席那場演奏會啊。」

「啊，對耶。都還沒跟他提過這些事情呢。」

現在還只是管樂社內部自己決定要演奏而已，並非已經邀請原老師出席。我還以為大石已經把這件事情談妥了，看樣子並沒有這回事。

「我們就定在一星期後演奏，讓那個顧問點頭。」

「練習一星期夠嗎？」

「應該沒問題吧？現在練習的這首名為〈日不落之夜〉的曲子滿短的，何況要是花了太多時間在說服顧問老師上，能練習〈真空中聽見的聲音〉的時間就會相對減少，那可就傷腦筋了。」

「這麼說是沒錯。」

若要進行長達三十六小時的演奏，究竟需要花多久的時間練習才夠啊？我心裡連個底也沒有。

「所以說，你現在趕緊去一趟教職員辦公室，跟他約好要來出席一星期後的演奏會吧。」

「我知道事情的原委了，但為什麼是我去啊？」

「因為我不喜歡那個人嘛。」

「竟然就因為這種理由喔。」

但要是交給大石處理，確實恐怕會讓事態更加惡化。雖然我沒有自信可以做得很好，不過眼下由我去的話，成功的機會確實比較高。

而且我現在沒有很想練習，所以可以找到一個藉口離開音樂教室也算是幸運。我盡可能地拖延時間，悠悠哉哉地前往教職員辦公室。

「原老師，關於社團活動的事情，我想跟你商量一下，請問現在方便嗎？」

原本盯著電腦螢幕的原老師眉頭一皺，露出感覺很嫌棄的表情，但最後還是來到走廊這邊了。

「感覺不像是要跟我說，你們已經放棄那個有勇無謀的演奏了呢。」

「其實我是來說服老師的。」

我向面露傻眼表情的原老師傳達了演奏會的事情。基本上就是跟他說我們要演奏恭介做的別首曲子，希望他能聽過之後再做決定。

說完之後，我完全感受不到任何效果。原老師的臉上依然是那副傷腦筋的模樣。

「我確實有說過，要演奏不知名作曲家所創作的曲子不太好。但我這麼說，並不是因為我想了解那位作曲家。再說了，就算是世界知名作曲家的作品，還是不能演奏三十六小時，我也不會因此就准許。」

原老師說得很有道理。雖然總比什麼努力都不去做還要好，但也不是只要恭介的曲子做得好，凡事就都迎刃而解了。

「就算不能演奏三十六小時，假設拆成兩天進行長時間的演奏，這樣如何呢？」

現在半夜的時段預計會交由止者進行演奏。既然如此，管樂社只要可以演奏除此之外的時間就行了。

雖然要說服大石感覺會很困難，但以現實層面來說，這樣算是個折衷方案吧。

「讓我們在白天持續進行演奏，晚上便回家好好休息。如果是這樣，我覺得還算是個比較實際的方法。」

「就算我採用這個方案，最根本的問題依然沒有解決。想要好好演奏那麼長的曲子，你們究竟要花多少時間練習？」

「我們會趕上的。」

「我的重點不是在於完成度，而是擔心你們要花費太多時間及勞力在準備這件事情。對你們來說，最重要的是念書以及成績，社團應該只是給你們在這當中喘口氣的活動而已。要是把時間都花在社團活動造成沒時間念書，這樣就本末倒置了。」

原老師說了非常有教師風範的話。

被他說到這個份上，我身為一個學生，不可能不做出任何反駁。雖然會變成老套的對話，但交涉這件事本身我是認真以對的。

「並非成績才是一切吧。」

「不，對你們來說，考試及成績單上的數字就是一切。」

原老師斬釘截鐵地這麼說。

「或許你們現在會為此感到不滿。但是，你們總有一天會發現那會讓你們多麼輕鬆。」

每次都會受期考而苦的我，實在無法乖乖聽進這番言論。他要是隨口說出只要成績好一切都好那種話，也會讓我感到很困擾。

「只要出了社會，一切都是看綜合評價。外貌、服裝、性別、年齡、學歷、收入還有證書等等。就算在校成績再好，考試的分數再高，未來也不見得因此就能一帆風順。」

就算不用等到長大成人，就現在來說人際關係也是如此。並不是只要會念書，凡事都能如願以償。

話雖如此，就算只具備社交能力，就算只有外貌出眾，應該還是不行。

處世艱辛啊。

「社團活動確實很棒。興趣、朋友，以及戀愛都很重要。但是，你們不該搞錯這些事情的優先順序。更何況，相馬你是應屆考生吧。你應該明白我說這番話的意思。」

「當然是有一定程度的理解啦。」

「那就夠了。至少比我念高中時還要聰明得多了。」

若要將社團活動跟大考放在天秤上衡量，那絕對會傾向大考那一方。這就是原老師所說的，正確的優先順序。

很可惜的是，放眼未來的行動以及除此之外的事情，有很高的機率無法兼顧。

像是演奏〈真空中聽見的聲音〉，或是跟原本已經辭世的姊姊再次共度的時間之類。原老師認為，這種時候應該要毫不遲疑地選擇跟自己的未來有直接關聯的那一方才對。而我對此也沒有異議。

只是問題在於那個當下是否可以冷靜地做出正確的選擇。

「不過先不論這件事，下星期可以請老師出席演奏會嗎？」

「好啊，如果一小時以內可以結束，我就會空出時間。這對我這個顧問來說也是必要的事。」

「曲子本身大概一分鐘而已。在那之後，就算跟大石社長討論一下事情，應該也不用一小時。」

「這樣啊。那你替我轉達一聲，我姑且是很期待你們這場演奏本身。」

說完「謝謝老師」之後，我便朝著音樂教室走回去。

我只跟大石回報老師答應出席演奏會這件事，他對於三十六小時的演奏還是面有難色這件事就先別提好了。雖然總是會被發現，至少還能多爭取一點點時間。

時間來到逼近完全放學時間的傍晚六點前。

加大的雨勢下得就像瀑布一樣。以大石為首的其他社員都紛紛撐開色彩繽紛的傘踏上歸途，就只有我還在隔著音樂教室的窗戶瞪著樓下的光景。這樣的天氣簡直就是在找我麻煩。

「好了，我們也回去吧。」

背後傳來中井妹妹的聲音。

「剛才說好了，我會借你雨傘。」

「謝謝……？」

中井妹妹朝我遞過來的，是一把色彩鮮紅的傘。這倒是沒關係。我不是對傘的顏色有意見。

問題在於中井妹妹看起來手上並沒有其他雨具。

「是不是我誤會了，但妳看起來就只有一把傘而已耶。」

「你沒誤會，確實只有這把而已。」

「什麼嘛，原來妳不是因為除了一般的雨傘還有另外帶一把折疊傘之類的，才會說要借我啊？既然如此，那就算了。」

「不，我並不是那種說到卻不做到的人。就算賭一口氣，我也要將這把傘借給相馬學長。所以要是沒有某個溫柔的人讓我一起撐傘，我就會淋得渾身濕透回家了。」

「這樣啊，所以妳會跟朋友一起回去吧。」

「聽起來也滿不錯的。只是大家都已經回家了，這裡就只剩下我跟相馬學長而已。」

是這樣沒錯，但讓我等到其他社員都已經回去的人，正是中井妹妹。換句話說，她是故意的。

「相馬學長如果無論如何都不想跟我一起回去的話，那也沒關係喔。就算我因為被雨淋濕而感冒，也不會埋怨你。」

「這說法聽起來真討厭。」

退路完全遭到阻擋，我別無選擇。

當我發現自己完全落入中井妹妹的圈套時，早就為時已晚。

「好啦，一起回家吧。」

「這樣啊？既然你都說到這個份上了，那也沒辦法呢。我就陪你一起回去吧。」

「那還真是謝謝妳喔。」

就這樣，我便跟中井妹妹並肩踏上歸途。

踩著無精打采的步伐走在沉澱於灰色之中的道路上，雨水特殊的氣味便嗆入鼻腔。上課時騎過來的腳踏車也只能就此放在停車場了。各種不順遂的事情一再交疊，讓我的臉也不禁皺了起來。

我討厭跟人一起撐傘的理由有兩個。

首先，無論如何左邊肩膀都一定會淋濕。還有，無法從中井妹妹的對話中逃離。這也讓我很傷腦筋。

如果是在沒有人注意到的地方，中井妹妹肯定會聊起往事吧。但我並不太想回憶起以前的事情。

「相馬學長變了很多呢。」

隔著肩膀快要碰到的距離，中井妹妹喃喃地這麼說道。

「比以前更常會說些無聊的玩笑了。」

「一時之間我還以為妳要稱讚我，害我期待了一下。」

說到改變的話，中井妹妹也是變了很多，她以前講話應該沒有這麼辛辣才對。

「人究竟要維持著相同狀態到什麼程度，他人才會認為就是同一個人呢？」

在大雨中等紅燈的時候，中井妹妹無意間說了這樣的話。

「跟四年前相比，我有所改變了。不但長高了，身形體態也有所變化。同樣的，相馬學長也長高了，而且笑容也變假了呢。」

「妳說的真過分啊。」

「我們的個性跟想法恐怕多少都有所改變了吧。既然如此，我們又該如何證明現在跟四年前的『我』和『你』是相同的存在呢？」

聽她這麼一說，確實是很不可思議。

遇到許久沒有碰面的友人時，為什麼會知道就是那個人呢？

如果是名字跟立場，想要怎麼偽裝都有可能。長相跟體格也不可能跟以前一模一樣。然而彼此卻能分辨出對方就是以前認識的那一號人物。

「究竟要具備多少辨別要素，才算是同一個人呢？」

「比方說看起來的感覺之類……」

「這樣說起來，我要是這張臉有所改變，就不再是中井優子了嗎？還是說只要將臉整形到跟我一模一樣，任誰都可以是中井優子嗎？」

「話不是這樣說的吧。」

「不然是精神層面嗎？無論是長得怎樣的人，只要說『我是中井優子』，還能講出好幾跟你之間的回憶，那麼那個人就是中井優子了嗎？」

「不是。那也太極端了。」

「那麼，你要怎麼證明我跟四年前的中井優子是同一個人呢？」

要憑什麼根據才能說某個人就是那個人呢？答案很簡單。

「當然是雙方兼具。外貌跟內在不一致的話，就沒有意義了。」

「相馬學長真是奢侈呢。」

中井妹妹輕聲笑了起來。那副身影看起來似乎有些悲傷。

「我覺得只有內在就夠了。無論變成機器人，還是變成殭屍，只要可以跟那個人講話，我就不奢望更多事情了。」

「是我太奢侈了啊。」

「是啊，很奢侈。」

無論對方化作什麼樣的身影，只要可以說上話就夠了。我覺得這樣的想法很堅強。

但是，我並不想看到別人的這副模樣。

我無法認同漸漸看清的中井妹妹的想法，但我至少沒有反對她。

「我也不太懂呢。」

我裝作沒有發現中井妹妹想說的話，以及藏在這番話背後的意圖，並撇開了視線。

這時，我無意間想起了河合之前說過的話。

河合對她弟弟抱持著情感，或許就跟我現在對中井妹妹產生的感受很相近。假設真是如此，我能想到的解決辦法就只有一個而已。

我騎著生鏽的機車走在黎明前的堀川通上。

濕滑的地面反射著車燈及紅綠燈的光線，看起來閃閃發亮。

在這樣清晨的城鎮當中，我順利地將事先以塑膠袋裝好的報紙一一投遞出去。

我該思考的事情似乎很多，但好像也沒幾件事。無論管樂社的事情還是演奏〈真空中聽見的聲音〉，都只能船到橋頭自然直了。就算想破頭也不是這樣就能解決問題。

但唯獨河合找我商量的事情，是我必須做出回答的問題。

我不斷在內心確認著自己接下來要說出口的話究竟是否正確，一邊做著打工的工作。雨衣貼著肌膚的感覺很討厭，而且密不通風地悶著也很熱。

打工結束時，原本的大雨也漸漸轉小了。我撐起傘朝著河岸邊走去。

鴨川的河水一到梅雨季節就會增加，但今天並沒有淹到河岸邊來。

所以河合也出現在河岸邊。

「早安，真難得可以在下雨天見到你呢。」

下雨的時候我確實很少來到河岸邊。

雨水穿透身為止者的河合的身體，直接落到地面。她拿在手中的小號也一樣沒被淋濕。

「以前只要一下雨，為了保護樂器都會急忙去找有屋簷的地方，但現在就沒有影響了。在我變成這樣之後，這是其中一件令我覺得還不錯的事情。」

發現我正看著小號的視線，河合露出淺淺的微笑。

就算知道這麼做想必也沒意義，我還是朝河合靠了過去，並讓她進到雨傘底下。而她也沒有逃開。

「河合，關於你弟弟的事情，在那之後我又仔細想了一下。」

雖然是在感覺可以觸碰到彼此的距離，但我跟河合都不會觸碰彼此。

不僅如此，我更害怕自己的身體或聲音會穿透過她，讓我覺得都快無法呼吸了。

「然後，我覺得你們稍微拉開一點距離應該會比較好。」

「距離……是嗎？」

「嗯。盡可能分隔兩地。」

我知道該怎麼訣別過去。

「只要還待在附近就會不禁在意。要是到一個遙遠而且無法簡單碰面的地方，也就不能頻繁地見面。如此一來，應該就不至於對妳弟弟的生活造成影響了吧。」

只要遠離自己過往很珍惜的東西，以及有著深刻回憶的東西，無論感慨還是記憶總有一天都會漸漸淡去。那傢伙經常會去搭車的公車站、一起就讀的國中、小號、隔音室、樂譜。我盡可能不讓這些東西進到我的視線當中。

要是三年還不夠就四年，四年依然記憶猶新那就再花上更多的時間。如此一來，總有一天就可以完全揮別過去……才是。應該吧。

但這是我的做法。

我不能將完全相同的辦法強迫加諸在河合身上。所以這不過是一項建議而已。

「這只是我突然想到的辦法，妳不用完全接受也沒關係就是了。」

這種時候不能忘記要對她笑一笑。

只要自己笑著看待自己的發言，聽的人也會覺得這樣比較輕鬆。與其將這件事看待得太過沉重，這樣還比較好。

「而且，如果妳現在馬上就跑到別的地方，那就不能一起演奏〈真空中聽見的聲音〉了，妳就看作也是有這種方法就好。」

「謝謝。你很認真地替我想了很多呢。」

感覺像被發現臉上的笑容是擠出來的。河合抬起率直的眼神看向我。

「我會找個時間，好好跟弟弟談談。我不會讓你擔心的。」

「妳不用顧慮我啦。不過，也希望他能妥協呢。」

難得死別的兩人可以再次相見，希望不會再發生不好的事情了。我只是如此希望而已。

在那之後，我跟河合閒聊了一陣子，並在朝陽升起前道別。那個時候雨也停了，但我沒有騎腳踏車來，所以也只好走路回家。

到了這個時段，就會漸漸出現帶狗散步或是慢跑的人。雖然看不見止者了，四周還是不會覺得寂寞。

「相馬。」

忽然間被人叫住名字，讓我嚇了一跳。這個時間幾乎不會有認識的人前來搭話。而且還是一道男性的聲音。

我往聲音傳來的方向轉頭一看，一個男性自坐著的長椅上起身，並朝我走了過來。

「這種時間在外頭閒晃不太好喔。」

對我搭話的人，是管樂社的顧問，原老師。

「老師早安。」

「我並不想太囉嗦，但高中生玩到早上才回家可是一大問題。」
「我是剛結束送報的打工，正要回家而已。也有向學校提出申請。」
「怎麼，原來是這樣啊。那是我太過武斷，誤會你了。抱歉。」
原老師很乾脆地退了一步。他是個明理的人真是太好了。
「老師是要去上班了嗎？好早喔。」
「不，我是來晨跑的。不管怎麼說，現在去上班也太早了。」
他確實身穿運動上衣，還戴著帽子。平常在學校時都是穿白袍。
「晨跑啊，雨天也跑嗎？」
「這叫 shower run，即使下雨也能跑步。雖然步調比平常還要慢，但這樣也滿不錯的喔。」
「沒想到老師很注重健康的呢。」
「當老師其實很耗費體力啊。而且也想呼吸一下職場跟家裡以外的空氣。」
原老師的世界似乎也滿辛苦的。
可能是服裝的關係，總覺得他給我的印象跟平常不太一樣。像這樣聊過之後，才發現他似乎也沒有想像中的那麼頑固。有著慢跑這般很健康的興趣也讓我感到意外。
「我明白你這個時間在外走動的原因了。不過，你直到剛才都還跟一個穿著我們學校制服的女生在一起吧。或許對方是你打工的同事，但凡事還是要注意品行喔。」

原老師補上一句「可別遲到了」之後，便漸漸跑遠。

直到剛才還待在一起的，穿著制服的女生，指的就是河合吧。但河合是止者，也就是一般來說應該是看不見的，幽靈般的存在。

難道原老師也能看得見止者嗎？

我跟中井妹妹，還有河合的弟弟都能看見。要是再加上原老師，那說不定可以看見止者其實並非一樁罕見的事。可能許多人都跟原老師一樣，只是沒有發現對方是止者而已。

但話說回來，我還真沒想過來到河岸邊的時候會被人撞見。

要是原老師看不見止者，在他眼中我就會變成是在昏暗的河岸邊自言自語了。如此一來究竟是會被他警告，還是會被他擔心呢？

思及此，我自然而然就笑了出來。

於是到了一星期後的放學時間。

「老師，我來接你了。」

我一到教職員辦公室，原老師便認命地站起身來。

我之所以要負責替老師帶路這項重責大任，單純只是因為大石不想做而已吧。

雖然她動不動就把各種工作推到我身上，但與其讓大石直接出面結果引發問題，倒不如我自己四處奔波比較有效率。

「每次都是你啊，貢獻真多呢。是在管樂社有喜歡的女生嗎？」

「有就好了呢。」

「這樣啊，看來在河岸邊見面的那個女生才是真命天女吧。」

「那是老師誤會了啦。」

要是我正常到能為了戀愛情感而努力的話，應該早就交到女朋友了。既然沒有，就代表我並非如此吧。自己講歸講，總覺得悲從中來。

「大家都說今天的演奏要讓老師刮目相看，因此很拚命喔。」

「畢竟我對社團活動沒有投以熱忱，不受社員喜歡也是理所當然。」

「我之前就有點在意了，但老師是討厭社團活動嗎？」

「你為什麼會這樣想？」

「無論戀愛還是打工，過度投入都會妨礙到學業，就這點來說社團活動亦然。但我覺得老師對於社團活動抱持著特別否定的態度。」

「這當中確實不能說沒有參雜個人情感呢。」

從教職員辦公室到音樂教室的這段路上，原老師緩緩走著。那步伐就像是想盡可能拖延直到抵達音樂教室之前的時間。

「我高中的時候，有個足球社的朋友。他很熱衷於社團活動，每天都不斷努力練習。而且也在比賽中拿出成果，因此受歡迎到令人欽羨的程度。」

「看來不是在講原老師自己的事呢。」

「我就說了是朋友啊。我以前是管樂社的。既沒有以音樂大賽為目標，演奏也很糟糕，是個很寬鬆的社團。雖然不是過得非常開心，但也不會覺得辛苦。那時候我是以參加社團活動為藉口，而逃避放學後念書的時間吧。」

雖然腦中也明白自己接觸的這些大人，有都曾經有過孩提時期。但實際聽對方講起當時的事情，通常還是很難覺得是同一個人。

沒想到原老師在學生時代也不喜歡念書。

「我朋友在社團活動上非常拚命。但他練習過頭，最後搞壞了身體。結果不但無法上場比賽，也失去了推甄升學的機會。」

原老師雖然講得雲淡風輕，但這對於在學校走廊上邊走邊聊來說，是個沉重的話題。就連我也知道現在不能回以玩笑話而一時語塞。

「那時，我第一次得知努力是會背叛一個人的。無論是顧問老師還是其他同學，在他狀況好的時候紛紛不負責任地一直煽動，但沒有成功的時候態度卻十分冷淡。應該說表面上還是對受傷的他很溫柔，但在那當中卻沒有真心的關懷。那讓我感到一陣冷顫。」

「所以老師之所以會對社團活動抱持否定的態度，就是因為朋友發生過那樣的事嗎？」

「我並沒有想要否定社團活動。但我不認為那是值得犧牲上課、念書的時間，以及其他生活去投入的事情。」

我明白原老師的想法了，也有很多產生共鳴的部分。因此也更確定他跟大石的理念有多麼不合。面對社團活動這件事，我並不像他們有著自己的一派想法。在茫然地生活著的我看來，他們都很耀眼。

但我至少知道，既然對方都沒有把我當小孩子看待，並深切地談了這麼多，我就必須回敬同等的禮儀才行。

「其實，我是為了放棄樂器才加入管樂社的。」

說起自己之所以參加社團活動的理由，總覺得很害臊。不過現在必須坦言一定程度的事情才可以吧。

「我直到最近才發現，要放棄一件曾經那麼投入的事情並不容易。就算透過奇怪的形式割捨掉，直到現在卻還依依不捨。所以該如何放棄也很重要。」

世上的人，想必都早就知道這種事情了。所以運動社團才會有退社比賽，學校也才會有畢業典禮。

教會我這件事的人是大石。

——其實我也想再更好好地放棄就是了呢。

多虧有接觸到那個想法，我才能像這樣當面跟原老師侃侃而談。可以的話，直接讓大石跟原老師講才是最好的，但大石很快就會激昂起來，應該是沒辦法像這樣冷靜地對話吧。不過那份衝勁也是大石的優點，所以算是適才適所。

「就像老師說的，基本上社團活動是讓學生喘口氣的。大多數管樂社的人在從高中畢業之後，應該不會再碰樂器了吧。但正因為如此，才會需要一段未來可以回想起曾經專注地投入練習樂器的日子。」

「回憶就是那首超乎常理的曲子嗎？」

「我覺得如果是就好了。」

「對你們三年級的人來說或許這樣就好，但學弟妹們該怎麼辦？」

「我不知道理由為何，但大家都同意進行演奏。」

「你們這樣投入於某件事的欲求跟幹勁，如果可以轉向社團活動以外的事情就好了呢。」

原老師一臉嚴肅地嘆了口氣。

我有自覺這會讓他傷透腦筋，但現在也只能趁勝追擊了。

「我之前也說過了，就算是談戀愛或個人興趣，太過投入都會對成績造成影響。就這點來說，至少社團活動還有一位顧問老師在監督，反而相對好控制才是吧。」

「沒想到相馬滿會講話的嘛。」

原老師的嘴邊淺淺勾起一抹笑。

「我知道了。若要一口氣演奏三十六小時，我當然不可能答應。不過控制在可能實現的範圍內，我也是可以考慮看看。」

「能聽老師這麼說，真是幫了我的大忙。」

「當然，最終判斷都端看你們等一下那場演奏的表現。如果那個作曲家的作品是聽了會讓人頭痛的曲子，三十六小時的演奏我當然也不可能答應喔。」

「我想這點應該是沒問題的。」

我不知道恭介的曲子是好是壞。

但現在至少沒聽大石或河合做出負面評價，所以應該能讓老師認真考慮答應我們演奏〈真空中聽見的聲音〉才對。

「但我也感到很意外呢。我還以為相馬絕對不想參加三十六小時的演奏呢。」

「這……也不一定吧。」

意料之外拋來這句話，我當然也只能笑著蒙混過去了。

在音樂教室進行的〈日不落之夜〉的演奏，完成度高到令人難以想像練習時間其實很短。

我想，就連原老師應該也沒發現原本是一首獨奏曲吧。中井妹妹的編曲起了很大的效用。

不讓主旋律的小號太過搶戲，低音部跟打擊部也讓樂聲增加了渾厚的感覺。不但保留了原本最大限度的樂曲特色，也活用了樂聲重疊這個合奏的強項。輕鬆跨越了社團人數有限，以及隨之能使用的樂器也有限等難關。

恭介的曲子本來要求的音符數量就很多。

尤其是〈日不落之夜〉，音符更是宛如濁流般席捲而來，因此讓演奏者的呼吸跟運指都處於極限狀態。然而，每一個樂器部門都能在沒有跳掉任何一個音的狀態下完成演奏，真的很厲害。

這讓我坦率地覺得合奏果然很棒。

能夠作為其中一分子參與一場大型演奏的感覺很獨特。這讓我回想起國中時在管樂社第一次參與合奏的記憶，渾身都起了雞皮疙瘩。

擔任指揮的大石一回過頭，唯一的觀眾原老師便以掌聲稱讚這場演奏。

「我投降了。」

原老師直接舉起鼓掌的雙手，做出投降的姿勢。

「好耶！」

大石緊緊握拳，顯得開心不已。以此為導火線，其他社員也紛紛揚起歡呼。當大家都在擊掌或擁抱以表現歡喜之中，我靜靜地將小號收回樂器盒裡。

「這是聽過一次就難以忘懷，風格強烈的曲子。因此我認同這位作曲家的曲子很有魅力。如果你們想演奏那首〈真空中聽見的聲音〉，我不會不由分說地反對。但是，唯獨完整演奏三十六小時這點，我依然不會允許。」

「啊？老師，你在說什麼啊？當然要從頭演奏到最後才可以啊。」

「大石，等一下。這件事我還在跟老師交涉中。」

我阻斷了眼看就要衝上去的大石的前進方向，這麼安撫著她。感覺就像訓獸師一樣。我對猶如獅子般張牙舞爪的大石伸出雙手，總算是將她擋下來了。這段期間，原老師繼續說了下去。

「目前比較可行的方法是分割演奏。校慶有三天，因此分成一天演奏十二小時。即使如此也夠不切實際了。」

「要中斷的話，就沒有演奏那首曲子的意義了。」

接著發出抗議的是中井妹妹。說真的，我根本無暇制止她。

我露出尋求協助的視線，並看向學妹宇佐見。

我的意念似乎馬上就傳達出去了，只見她說著「別急別急」，並站起來安撫中井妹妹。

「我就知道你們會這麼說。所以這是折衷方案。就在學校裡辦集訓吧。」

原老師的這句話，對所有人來說都是出乎意料似的，社員們的反應也變得遲鈍。就連我也是。

但似乎就連這樣的反應都在他的意料之中，原老師用淺顯易懂的方式向我們說明。

「我們在校慶期間舉辦兩天一夜的集訓。只要是在學校過夜，就能演奏到就寢前的最後一刻，而且早上也能盡早開始演奏吧。」

我覺得原老師的提案是最能在校內長時間演奏的辦法。除此之外，應該沒有其他可以再拉長管樂社演奏時間的方法了吧。

「這是我最大的讓步。身為教師，我不能准許學生在深夜時間進行演奏。而且要考慮到各位的身體狀況。要通宵是不可能的。」

大石雖然一臉不滿的樣子，但她沒有做出反駁，就可以看出她也能理解原老師想說的意思吧。行事雖然衝動，大石也並非腦袋不靈光。

「你怎麼想？」

不知道大石是怎麼想的，她開口詢問我的意見。

像我這種意志力薄弱的人幾乎是沒什麼話好說，但既然有人要求，我也必須給出回應。

「我覺得已經是夠配合了吧。」

實際上老師確實是挑戰了在規範之下勉強可以容許的極限。

雖然還不知道能不能真的實現，但校慶期間要在學校集訓，可不是站在學生的立場可以想到的點子。

「關於夜間的演奏，我有想到一個辦法。向校外人士請求協助，以不讓演奏中斷。或許不能完全靠自己演奏會讓妳心生不滿，但考量到社員人數還有大家體力，我覺得還是原老師的提議可行性最高。」

其實，要請河合他們幫忙演奏的事情都談好了。雖然問題在於要如何讓大石相信這件事，但不會讓演奏本身中斷，應該就能成為說服她的材料了吧。

思及會給社員帶來的負擔，確保睡眠時間也是很重要的事。身為社長的大石，應該也很明白這點。

「老師，請問就寢時間會定在幾點呢？」

宇佐見用生硬又緊繃的聲音向原老師提問。

「晚上十點。但到了晚上九點，就要先請你們暫停演奏。」

「好的。那就從晚上九點到隔天早上五點暫停演奏。即使如此，演奏時間還是有二十八小時。」

得出一個明確的數字之後，再次體認到這時間果真很長。

雖然也不是要反對，但會讓人唯獨不想去確認這件事。

「是說，早上五點就要開始演奏了嗎？」

「集訓的時候，這樣都算正常喔。以音樂大賽為目標的那段期間，幾乎每天都是從早練習到晚。」

管樂社還真可怕。簡直是不輸給運動社團的苦工。這也讓我明白原老師會一再強調要我們認真念書了。

總之，整體方針大致底定。

校慶是從早上九點開始。

管樂社將從那個時間就開始演奏〈真空中聽見的聲音〉，並一直在校內演奏到晚上九點。這樣大概十二小時。

接下來深夜的演奏就輪到河合他們止者的演奏隊出場了。

河合他們將會負責直到清晨五點天亮為止的這八小時。光是這樣也已經夠久。

清晨五點日出之後一直到演奏結束為止，管樂社將會傾盡全力進行演奏。這時就展開了長達十六小時的不中斷演奏。到了校慶第二天的晚上九點，才算是順利完成〈真空中聽見的聲音〉的演奏。

當然，這只是單純從時間分配上來看的結果，還有很多尚未確定下來的事情。這樣想必要將社員分成好幾組演奏隊輪流演奏，為此社員人數依然遠遠不足。

不過，這確實是一大進展。

接下來只要身為社長的大石帶頭同意，事情就能談妥了。

「社長，這樣妳也可以接受吧。」

宇佐見一開口確認，大石便像是切換了心情，大聲地說：

「好。雖然無法完整演奏，真的、真的讓我很在意……但我也明白這是最實際的提案。就照這個計畫進行吧。謝謝老師。」

大石做了一個行禮，因此社員們也跟著齊聲說著「謝謝老師」，向原老師道謝。我慢了一拍沒跟上，就只有我一個人錯失了道謝的時機。

不過，原老師的提議讓人很難想像是靈光一閃想到的。

也就是說，老師早在前來參加這場演奏會之前，就已經在思考可以在校慶上演奏〈真空中聽見的聲音〉的方法了。

如此一來，剛才還以為是我說服了老師，但其實原老師打從一開始就有打算讓我們演奏〈真空中聽見的聲音〉吧。

還以為這是自己的功勞，結果誤會大了，真是丟臉。幸好在向大石或中井妹妹炫耀之就發現了。

原老師雖然一臉傷腦筋的樣子，看起來心情似乎也不算太差。

幾天後的凌晨一點，我騎著腳踏車奔馳。

現在距離打工的時間還有點早。

但今天預計要在那之前跟中井妹妹見面。地點就在御所的兒童公園，也就是止者他們演奏的地方。

得到原老師的協助之後，管樂社內部關於具體方針做了一番討論。比起只有社員時的討論，加入顧問老師的意見之後，事情也漸漸接連談妥了。

首先是社員不足的問題。

如果要輪流演奏，至少想以少人數組成三支演奏隊。但要從現在開始招募足以湊齊的社員，還是太不切實際了。

因此我們決定從其他社團找人來當幫手。

熱音社的社員們在組樂團的時候，無論如何都一定會有人多出來。再加上以高年級為代表的樂團會在體育館表演，因此容易壓縮到低年級學生在校慶上表演的時間。所以我們決定去詢問這些學生的意見，並找對這個企畫有興趣的人來協助演奏。

接著是指揮的問題。

總不能幾十小時都讓原老師執指揮棒。因此就只有在關鍵的地方請原老師指揮，除此之外就由每個樂器部門的組長輪流進行指揮。

如此一來，剩下的問題就漸漸集中在我們自己能不能好好演奏〈真空中聽見的聲音〉這一點而已。換句話說，接下來只要專心練習就好了。

不只是放學時間，管樂社也正式展開晨間練習。雖然還沒將樂譜配發下去，但有必要先累積起一定程度的基礎練習。

演奏漸漸邁向實現的階段。

所以就得正式跟止者的演奏隊談妥關於夜間演奏的事情。

為了討論這件事，我預計比平時更早起，並和中井妹妹一起前往御所的兒童公園。跟河合他們進行討論，還得講好當天的行動以及演奏部分才行。

但是，我不小心睡過頭了。

而且收到她傳來說要自己先去的聯絡，我才會像這樣急急忙忙地趕往兒童公園。儘管已經習慣配合打工時間早起，但我還是遲遲無法習慣在比那更早的時間起床。

當我抵達的時候，兒童公園已經沒有樂聲傳來。

豈止如此，今天止者的演奏隊氣氛感覺還很陰沉。我很不擅長面對這種尷尬的場子。

在一群止者當中發現中井妹妹之後，我若無其事地靠了過去。

「我就說妳一個人走夜路不太好。」

「因為相馬學長睡過頭了，所以我今天是跟別人一起來的。」

「啊，妳今天是跟河合的弟弟一起來的啊。那就好。」

「你為什麼會知道我認識河合小姐的弟弟呢？」

「我之前聽她說的。」

「你們是什麼時候聊到這件事的……」

看來往後有機會可以超乎中井妹妹的想像了。可得好好感謝河合才行。

然而我在公園當中卻沒看見河合的身影。也沒看見可能是她傳說中弟弟的身影。

「是說，今天為什麼氣氛會這麼沉重啊？」

「回家路上再說吧。在這裡打擾他們也不太好。」

今天已經要回家了啊。

在這樣的氣氛下，感覺確實沒辦法跟他們討論〈真空中聽見的聲音〉的事情。更何況身為代表的河合也不在場，還是改天再說好了。

「拋下陪妳一起來的河合弟弟這樣好嗎？」

「真不曉得你為什麼就能這麼關心除了我以外的人呢。」

中井妹妹現在的心情明顯很差。感覺就不能隨便亂講話。

我追在推著腳踏車離去的中井妹妹身後，就這麼離開了御所。今天早起就只為了來來回回踩遍碎石路而已。

「所以說，究竟是什麼原因讓氣氛變成那樣？」

「因為河合小姐跟她弟弟起了點爭執。」

中井妹妹說得若無其事的樣子，但對我來說可是大事一樁。這讓我不禁停下了腳步。

或許是有預料到了，只見中井妹妹也停了下來。

「我並不知道整件事情的原委。但我聽見了『離開這個城鎮』、『不要再見面比較好』之類的話，我這個外人聽起來感覺就像在談分手似的。明明是姊弟，竟也會講到這樣不可思議的話呢，讓我覺得有點可笑。」

中井妹妹說著這樣玩笑般的話。這是前所未見的狀況。

我剛才在兒童公園當中沒有看到河合的身影。也沒看見可能是她弟弟的人。或許他們現在還在別的地方繼續溝通吧。

「我一點也不明白河合小姐究竟有什麼地方感到不滿的。能夠成為止者，並再次跟家人共度一段時光，是非常幸運的事情吧。」

「幸運啊。」

就某種觀點看來，確實是這樣沒錯。

但站在河合的立場來說，到了現在，我也可以理解那並不代表一定就是幸福的事情。

我嘆了一口氣。

就算想繼續裝作視而不見，我也差不多要撐不下去了。

我打從一開始就覺得不太對勁。

不只是她想實現演奏〈真空中聽見的聲音〉而已，還有剛才這段對話也是。再加上事到如今才來靠近這四年來都沒有任何共通點的我，並執著於留著跟以前一樣的髮型等等，有著幾乎過多的提示。甚至想裝作視而不見還比較困難。

其實我在那個雨天就已經發現了。

可以的話我很想就此不要觸碰這件事情，但狀況似乎不容許我這麼做。

「吶，優子。」

人要維持著相同狀態到什麼程度，才能算是同一個人呢？

優子曾這麼問過我。而那也是在雨天發生的事。

「妳一直在尋找恭介對吧。」

優子知道止者的存在。

深夜的御所並不是一般國高中生會去的地方。除非是要特別找什麼，否則也不會誤闖。

而說到優子會去尋找的，除了恭介以外就沒有其他可能了。

我不知道優子究竟耗費了多少時間在尋找他。但是，她找不到成為止者的恭介。

事到如今才要演奏〈真空中聽見的聲音〉的理由就在於此吧。

「是的。」

優子點了點頭。

我為了忍下嘆息而仰望夜空。就算猜中這種臆測，我也一點都開心不起來。

「哥哥以前總是很期待聽見相馬學長的演奏。當你演奏時，他一定會來聽。所以只要演奏〈真空中聽見的聲音〉，應該就能再次見到哥哥了。」

「並不能保證那傢伙有變成止者。」

應該不是所有過世的人都會成為止者，留在這座城鎮。要真是如此，現在眼前就會是一整片滿滿的止者，就連想要走個路都有困難。

想必要符合某些條件才會成為止者。恐怕是沒辦法得知那實際上為何，但唯有確實具備條件這點是能肯定的。

「但也無從保證他沒有成為止者。」

這是惡魔的證明。就如同無法證明世上沒有白色烏鴉一樣，恭介沒有成為止者這件事同樣無從證明。

但要依賴這樣的希冀未免太過虛幻了。

「事到如今見到恭介又能怎樣？」

「我也沒有想做什麼特別的事情。只要能像以前那樣三人一起度過，開場小小的演奏會，一起聊聊天，這樣就十分足夠了。」

她一臉正經的神情，說出這種愚蠢的話。

打從心底湧上的這份情感，究竟是悲傷還是煩躁，連我自己也判斷不出來。

「只要哥哥在這裡，我們三個就能像以前一樣一起歡笑。你不覺得這是一樁非常美好的事情嗎？」

「我不覺得。恭介已經死了喔。」

其實我真的不想說出這種話。

自己說出口的這句話實在太過空虛，也讓我起了一股寒意。

「但他說不定還在這裡。如果是止者，那也能交談。」

「就只有在太陽西沉之後的這段時間而已。無法觸碰到他，無法一起吃飯，也再也無法去學校上課。」

「這些都只不過是小問題而已。能再次見到哥哥。他會再次對我做出回應。如果除此之外還希望有更多互動，那就太奢侈了。」

緊抓著自己長長麻花辮的優子，看起來就像小學生一樣。感覺比平常還要年幼，還更不可靠。我不知道該說什麼才好，只能一味地搖著頭否定。

優子的髮型從小學到現在都沒有改變的理由很明顯。

她是為了讓成為止者的恭介可以認出成長之後的自己，才會刻意每天綁起這樣的髮型。

以時間停下的這點來說，我跟優子反而更像止者。

其實從恭介過世的四年前開始，我們都沒有任何一點成長。

我們依然是那個不去面對自己失去的東西的國中生，以及一心想奪回失去的事物的小學生。

我回想起河合之前說過的話。

她很掛心因為自己就近在身邊，而害得弟弟停下了朝未來邁進的腳步。但是，我直到現在才明白，那是她多慮了。

就算沒有止者，我們依然像這樣一步也沒有向前邁進。

「我非常珍惜跟哥哥還有相馬學長三人一起共度的時間。如果可以不要失去那樣的片刻，要我多麼努力都願意。」

「但那已經失去了。事到如今已經無法挽回。」

至少對我來說，恭介已經是個死人。無論他是否成為止者留在這個世上，這都是不會改變的事實。

「所以你才會放棄，並割捨掉過去的一切嗎？竟然把我連同小號跟回憶都一起忘記，我不認為那就是正確的做法。」

當我們直接面對彼此，優子便出言否定我的做法。

既然都無法挽回，而且回想起來也只是徒增感傷的話，乾脆捨棄掉就好了。我這麼想著，這四年來也確實這麼做了。

恭介已經死了。只要回想起那傢伙的事情，心裡就會湧上強烈的喪慟。為了逃離這樣的情感，我只能割捨掉所有沉重的東西。

我只能將快樂的過去，連同悲傷的回憶，全都一併拋開捨棄。

但是，我現在已經連自己都不相信那樣是正確的做法了。即使如此，卻還是想不到其他辦法。

我跟優子沉默地面面相覷了好一陣子。

我們都知道，再繼續繞著這個話題說下去也沒有意義。

「我今天自己回家就可以了。打工請加油。」

優子只是留下這句話，便頭也不回地漸漸離去。

沒錯，沒有任何意義。不管說了多少，終究還是要演奏那首曲子。

優子是為了找到恭介而演奏。

而我為了證明自己已經拋開回憶，也只能演奏那首曲子了。

無論直到剛才發生了什麼，我在打工的時候都不會去想些多餘的事情。專心一意地將注意力全放在安全駕駛一件事上頭。

驅動著生鏽的車體，我伴隨著報紙一起環繞在清晨的街道上。但總覺得工作起來不是很順暢。

白天時交通量較大的道路，有時會趁著夜間進行施工。我不知道是什麼類型的施工，但重點在於有工程車停放在堀川通上。看樣子今天還是不要走經堀川通比較好。

一走經不同的道路，本來熟悉的城市看起來也會跟平常不太一樣。尤其是今天感覺好像人特別少。

平常到了這個時間，很常看見止者走在街上的身影。然而今天一路上完全沒有看到。清晨的街道很是寂靜，頂多只是似乎能聽見遠方傳來施工的聲音。

昏暗又寧靜的時間，硬是推給我可以去思考各種事情的空白。

我最先回想起的是優子的表情。

那種像是在責備我，卻又像是在依賴著我的表情，一直在我腦海中揮之不去。

如果我更會講話，是不是就可以避免在那種氣氛下道別了呢？

每當我表達出自己真正的想法，從來不曾因此得到好的結果。既然如此，還是傻笑著蒙混過去比較好吧。當時做不到這點是我不好，優子並沒有錯。

最過分的是自顧自地死掉的恭介。

要是那傢伙還活著，事情就不會變成這樣了。

當我產生遷怒般的想法，投遞報紙的動作也跟著粗魯了一點。這樣不行。還是不要去想優子的事情好了。

接著讓我掛心的是河合的事。

都是我說了那番不負責任的話，她才會跟她弟弟起爭執。我無論如何都不能對此放著不管。

就先從我辦得到的事情開始著手好了。

雖然比平常多花了一點時間，但我總算結束打工的工作後，便騎著腳踏車前往鴨川的河岸邊。

確實是有點晚了，但距離日出應該還有一段時間才是。我還能跟河合談談。

然而，當我抵達河岸邊時，這裡的景色看起來跟平常截然不同。

更重要的是，我沒聽見樂聲。我沒聽見這幾年來越聽越熟悉的〈小星星〉。

平常河合會演奏的那個地方，今天不見她的身影。我騎著腳踏車在這附近繞了繞，依然還是沒看見河合。

在這個時間點，我腦海中浮現了某個疑點。我之所以會覺得今天在黎明前街上人滿少的，該不會有異狀的其實是我吧。

但我不願承認這件事，只是一股腦地不斷踩著腳踏車，在鴨川的河岸邊上上下下，來回了好幾趟。

當我回過神時，旭日已經升起。眼前我能看見的景色卻依然沒有任何變化。

我連擦去沁出汗水的力道都沒有，便趴在腳踏車的龍頭上。

也只能承認了吧。

我看不見止者了。

搞不清理由也不知道原因為何，更不曉得該如何是好的我，好一段時間都只能維持著這個姿勢動彈不得。

當明亮的夜晚於焉黯然

「你今天翹掉晨間練習了吧。」

午休時的教室裡，大石用一臉嚇人的表情瞪著我這麼說。

「我睡過頭了啦。妳也知道我上課都遲到了吧。」

我知道為了準備校慶的演奏，管樂社開始進行晨間練習了。當然我也是有打算要參加。

不過今天當我醒過來的時候，都已經超過九點了，於是不慌不忙冷靜地在第二節課的時候到校。來不及的時候只要一個焦急，通常事情都會更加惡化。既然睡過頭了，首先就要冷靜應對。

「我知道。所以我才會直接警告你啊。晨間練習也很重要，但要是太常遲到會影響到在校成績，你還是小心為上。我們畢竟還是應屆考生耶。」

「這麼說來確實是呢。」

這件事我都忘掉一半了。

「你可別拿社團活動當藉口，要認真念書喔。要是成績太差被迫課後輔導而縮短練習的時間可就太難堪了，而且顧問老師八成還會跑來說教一番。啊，你可別忘了準備期考跟功課喔。要是等到考試結果出來才在後悔就太遲了。」

以大石來說這個意見非常正當。

但我現在什麼事也不想做，因此一邊搖晃著椅子答覆她。

「有沒有什麼不用後悔的方法啊？」

總是都難以克制自己去想「早知道當時怎樣就好了」。不只是失敗時而已，就算是成功的時候，一有點契機就會湧上後悔。

「那當然是凡事都盡全力去做啊。但你是怎麼啦？以相馬來說，這個回應未免太正經了吧？啊，該不會跟中井同學晨間練習請假有關吧，你們吵架了嗎？」

她胡鬧地用手肘戳了過來。這跟平常我們之間的立場相反。現在大石是捉弄人的角色，而我不知道該如何做出回應。

這樣啊，早上優子沒有到管樂社露臉啊。我不認為原因就出在深夜談的那番話，但也不能說毫無關係才更可怕。

比起平常，今天一大清早就發生太多各式各樣的事情了。而且全是即使稍微睡了久一點，也不會睜眼就能解決的問題。

這些事情並不是突然間才發生的。我總有一天非得面對優子的目的。明知如此卻還是一直敷衍過去的結果，就是現在這個狀況。

河合的事情也是。我應該要事先好好設想過自己這番不負責任的話，可能會招來什麼樣的結果。而且沒有比在這個狀況下卻看不見止者還更雪上加霜的事了。

我到底在做什麼啊？連我自己都搞不清楚了。

「大石，妳為什麼可以那麼努力啊？」

疲憊感讓我不禁說出這種無聊的話。

「我們過不到一年就要畢業了。在那之後無論管樂社會變成怎樣，反正都沒差了吧。還是說，妳是那種想留下輝煌功績再畢業的人呢？」

「你莫名地咄咄逼人耶。換作平常我就會生氣了，但看你好像很傷腦筋的樣子，我就正面回答你吧。」

大石坐上我的桌子，扭過半身回頭直視著我。

「我並不是想替自己留下什麼特別的東西。但我不想留下任何像是社員不足之類，那種會造成問題，也一種重擔的事情。就像我自己接下爛攤子那樣。」

「話是這樣說的嗎？」

這對昏昏沉沉的腦袋來說，是思考起來有些沉重的事。

不知道是不是對我做出的反應感到不爽，只見大石皺起了眉間。

「我之前就在想了，你是不是其實不想演奏〈真空中聽見的聲音〉啊？」

「咦，看起來像這樣嗎？」

「我一直覺得這件事明明是你自己提議的，看起來卻不怎麼積極的樣子啊。但又確實有為了實現演奏而提出點子，是怎樣啊？你究竟是想演奏還是不想，講清楚吧。」

「我自己也不太清楚耶。」

我確實一步步地協助實現這場演奏至今，也決定要吹奏小號了，但要說起這是不是我自己想這麼做的話，又是另一回事了。

「這麼說來，那是中井同學的哥哥所做的曲子對吧。我知道了，你們吵架的原因應該跟這件事有關。不過，我是不會繼續追問下去啦。但唯有一件事我要明確地告訴你。」

大石湊到我眼前這麼說：

「就算你不演奏，就算中井同學不演奏，我們還是會在校慶上演奏〈真空中聽見的聲音〉。那已經是我們的目標了。」

大石最後又補上了一句「你們快點和好吧」，並像要替我打氣一般留下一抹微笑。

「所以我不就說過了，社團內部禁止談戀愛啊。」

放學後，我人一到音樂教室，宇佐見就皺起了一張臉。

「到處都在傳言說你跟中井是情侶吵架喔。而且人家今天還請假沒來上課。」

「事情還變得真不得了啊。」

不知不覺間謠言就逕自滿天飛了。

但話說回來，沒想到優子並不是翹掉晨間練習而已，還請假沒來上課啊。那會讓臆測謠言滿天飛也無可厚非。

「好不容易得到顧問老師的協助，現在才正要忙起來的時候，發生這種爭執會讓人很傷腦筋。中井還是編曲組的成員之一，要是沒有來參加，就會延宕到各部門樂譜的製作與分發進度，如此一來也會造成練習時間減少喔。」

雖然決定要在校慶演奏〈真空中聽見的聲音〉了，但考慮到管樂社的現況，不可能就此直接照著恭介留下來的樂譜進行演奏。

說穿了，那傢伙也只留下總譜而已。

若是想要演奏就得經過將這份拿去謄譜，再做成各部門樂譜的這道程序。而這件事情以優子為首，是由幾位音樂造詣較深的社員一同進行編曲。

與此同時，社團還是必須持續去招募幫手，因此顯得非常忙亂。在這邊發呆的人就只有我而已。

「請你再努力一點。」

「我也是有幹勁啦，但我不知道該怎麼努力才好，才正覺得傷腦筋呢。」

我是不是應該再找優子談談呢？還是不要再提起這件事情，專注於演奏〈真空中聽見的聲音〉呢？或者乾脆就不要演奏那首曲子了？

還有河合的事情。要是可以再見到她，並再跟她交談的話，我究竟要跟她說些什麼才好？應該要為了自己做出干涉過度的發言向她道歉嗎？還是應該堅持認為離開這個城市比較好呢？

我完全不知道該往哪邊走，才能繼續前進下去。

「真拿你沒辦法呢。那我來當你的聽眾就是了，請跟我說說你的煩惱吧。有些事情如果可以向別人說出口，心裡會比較輕鬆喔。」

「我很不擅長做這種事耶。」

只要將沉澱在內心深處的情感吐露出來，或許確實就能感到比較暢快。但我不是想讓自己的心情變得比較輕鬆。如果可以辦到，那我早在四年前就這樣做了。

「好吧。不然，就不要再去想了吧。放手大玩一場，盡情吃自己喜歡吃的東西，挑個喜歡的電影來看，再去睡覺就行了。」

「但這樣問題也沒有解決吧。」

「別擔心。時間可以解決大多數的問題。那樣還不行的話，除了相馬學長以外的人應該會就很機敏地去解決了。這世上其實就只是這樣而已。」

「妳很豁達耶。」

但這或許也是某種真理。

會用我想不到的利害方法，引導優子跟河合邁向美好結局的超級英雄。那或許是某一個人，也有可能是時間這個萬靈丹。

視狀況而論，有時仰賴這種期望般的幻想也是一種正確解答吧。

「這是個很棒的想法。我很喜歡這樣。可惜這次的狀況沒這麼單純。」

「為什麼呢？」

「這……我也很難說明。」

在我內心某處存在著只有自己可以斬斷優子的執著這樣自以為是的想法。而河合的事情又讓我一廂情願地想著幫助她是我的責任。

無論優子還是河合，還有恭介的事情也是，能讓所有事情做個了結的機會，就只有現在而已。

「但妳幫了我很大的忙。多虧有妳，讓我明白自己該做的事情了。」

這樣就能踏出一步。

無論那會是向前還是往後，我都已經沒時間繼續呆站在原地了。

「那就太好了。既然如此，就請你好好練習。」

宇佐見還是一樣一副滿不在乎的態度。

「話說回來，宇佐見，妳為什麼會想演奏〈真空中聽見的聲音〉呢？」

「這個嘛，若要用一句話來解釋，就是餞別。我想不到其他更好的曲子，可以贈送給這麼照顧我的社長，以及總是要人關照的學長了。而且這對我自己來說，應該也會成為一段美好的回憶吧。」

想必是會成為一段深刻的回憶。

「當然，前提是要能順利演奏成功就是了。」

看她一臉正經的樣子說出這種話，讓我不禁感到害怕了起來。

「喂～～社長跟各部門組長在嗎？」

這時，顧問原老師在音樂教室現身了。

「關於指揮的分配……呃，怎麼啦，相馬？在密談嗎？」

「是宇佐見在替我打氣啦。」

「哦。你平常總是那麼開朗，難得意志消沉啊。啊，我知道了。你是被之前那個我看到的女朋友甩了吧。學生時代也是會發生這種事的，別放在心上。」

「咦？學長，你之前有女朋友嗎？對方是怎樣的人？為什麼會在一起呢？」

「不是那樣啦。」

原老師隨口說說的話，讓宇佐見馬上就緊追不捨地問下去。平常都淡然處世的宇佐見，只要一講到戀愛話題，常常就會莫名興奮起來。她應該是很喜歡這方面的話題吧。

看樣子原老師依然誤會了我跟河合之間的關係。

這麼說來，原老師也看得見止者。

仔細想想，我還是覺得看得見止者的條件很令人費解。

我跟優子，還有原老師之間應該沒有太大的共通點才是。頂多只有每天會到同一所學校上課，而且一樣住在這座城市當中，這點程度而已。

今天，我看不見止者。這應該視作今天有著什麼跟平常不一樣的事情才對。

不過回頭想想，我打工前繞去兒童公園那時，是還看得見止者的。如果有產生什麼變化，應該就是在那之後發生的吧。

首先是我跟優子起了爭執。接著就是在打工時可能發生了什麼事——

「啊。」

我只想到了一個可能性。為了確認這件事情，我向原老師詰問了一番。

「這麼說來，老師你住在哪裡？」

「住在市區。但我不想再說得更詳細了。要是被你跑來狂按電鈴，我會很傷腦筋的。」

「我才不會做那種事呢。不然只告訴我方位也好。」

「大概是在那個方向。」

原老師指向西邊。

「但你會在鴨川的河岸邊慢跑吧。」

鴨川位在比學校更偏東邊的位置。跟原老師手指的方向正好相反。

「我會開車到附近再去跑。因為市區裡很少有一大早可以爽快跑步的地方啊。」

「你會跨越堀川通嗎?」

「會啊，通常都會經過一条通。但那又怎樣?你可別在那裡堵我喔。」

「就說了我不會做那種事嘛。謝謝老師。」

已經確認到想知道的事情了。雖然還無法肯定，但也只能到天黑之後才能驗證。

當太陽還高掛空中時，我還有其他該做的事。

「那我這就去拿樂譜了。」

首先，就再跟優子見個面，好好談談吧。今天的第一步就從這點開始。

「好一陣子沒見面，你長大了好多呢。」

「好、好久不見。」

傍晚五點過後。

原本是鼓起幹勁離開學校的我，現在正難堪地縮著身子。因為緊張的關係，聲音還有點顫抖。

眼前的一切依然是我記憶中的模樣。

無論是寬敞的客廳中那張大大的桌子，還是那裡有著四張椅子的擺設，全都跟那一天一模一樣。

只是隔著桌子坐在對面的那位女性的身影，在這四年當中似乎老了一點。

「你突然跑來，嚇了我一跳呢。」

臉上沒有掛著一點笑容，老師用平淡的口吻這麼說。

這個人既是教導我小號的老師，也是中井兄妹的母親。她從以前開始講話就是這樣的態度，讓當時年幼的我感到很害怕。仔細想想，最近的優子感覺跟老師很像。

我之所以時隔數年又跟老師面對面，說起來也沒有什麼太深的原委。

當我到訪中井家並按響門鈴之後，老師就出來應門了。若要說明起來也就只是因為這樣，但對我來說是非常出乎意料的事態。之前聽優子說過，老師會到外面教小號，所以我才會以為這個時段應該沒問題，因而鬆懈了。

「你是來給優子探病的吧。」

「是、是的……」

另一個出乎意料的狀況，則是優子真的感冒了。我還以為是因為跟我起了爭執才會請假。真是丟臉。

我在來到這裡的路上，買了要討優子歡心的東西過來。老師似乎誤以為是要來探病的伴手禮。

「但別擔心。本來就只是有點發燒而已，中午的時候已經退燒了。」

「那就太好了。既然如此，我就先告辭了。」

「聽說你要演奏〈真空中聽見的聲音〉對吧。」

當我想只放下伴手禮就要回去時，聽到老師這麼說，正要起身的我又坐了回去。

她讓我進到家裡來，我當然也有預料到應該是有話要跟我說。但這麼開門見山地直接切入話題，還是讓我不禁到抽了一口氣。

「抱歉。雖然這也不是藉口，但我直到最近才發現優子有跟你見面。那孩子一直瞞著我沒有說。」

她應該是從來沒有想過，優子想讓我演奏恭介的遺作吧。而且，我並沒有跟老師說自己去念了哪一所高中。要察覺優子的目的才是強人所難。

「我才該向老師道歉。是我毀約了。」

國二冬天，當我離開才藝班的時候，跟老師做了一個約定。而我現在就正在毀約，因此實在沒有臉見她。

「那件事就算了。但如果你是為了要陪那孩子而演奏〈真空中聽見的聲音〉，我勸你還是收手吧。那不是做來讓人演奏的樂譜。」

從她這句話當中，讓我產生了一股確信。

「我剛才對優子說了。要她別再繼續執著於恭介。」

「她同意了嗎？」

「連一句話都沒有回我呢。」

「我想也是。」

就算退燒了也依然窩在房間哩，果然還是在鬧脾氣吧。然而那個原因似乎不在我身上，而是跟老師吵架的樣子。

短短半天內就跟我還有母親兩人起了爭執，優子也是滿可憐的。

「那我也想拜託老師一件事。請准許我演奏〈真空中聽見的聲音〉。」

老師挑了一下單側的眉毛。好可怕。

「智成，我還真沒想過你會說出這種話。如果你是在顧慮優子的想法，那才真會造成反效果喔。」

「但為了忘掉一切而強迫自己一味地疏遠也不是辦法。我也是直到最近才發現這件事。」

一邊回想著我白費的這四年，我對老師說：

「我覺得讓心中不要留下任何留戀，反而還會比較好過一些。」

「而那就是要演奏最後的那首曲子嗎？」

「至少優子很執著於那首曲子。」

「我明白你的意思了。但那是不可能的，智成。雖然我不想這樣說，但那怎麼想都不是可以拿來演奏的東西。」

「我知道曲子難度很高。但是，只因為這樣就能果斷放棄的話，我也不用這麼勞心傷神了。」

我不知道恭介是抱持著什麼樣的打算，才會創作出那首演奏時間長達三十六小時的合奏曲。事到如今也無從得知了。

「而且，那已經不只屬於我或優子的樂譜而已。現在有許多人為了實現這場演奏而在努力。那首曲子是合奏曲，所以已經無法說停就停。」

大石他們跟止者要演奏〈真空中聽見的聲音〉這首曲子的理由各有不同。即使如此，那使曲子還是預計在許多人投注了各式各樣的想法之下演奏出來。

老師沉默地緊盯著我的雙眼，這才總算傻眼地嘆了一口氣。

「你從小就是會很積極地想去演奏恭介寫的曲子呢。好吧，隨你高興。」

「謝謝老師。」

我深深低頭致意之後，便站起身來。

「在回去之前，我可以去跟優子說點話嗎？」

「可以啊。如果她有回應你就好了呢。」

我再次向老師行禮之後，便走上樓梯。恭介位於二樓的房間隔壁，就是優子的房間。無論現在還是過往，我從來都沒有進去過。我通常都是泡在恭介的房間，不然就是地下室的隔音室而已。

我敲了敲房門。

「優子，妳醒著嗎？」

「我在睡覺。」

馬上就傳來回應了。

「我可以進去嗎？」

「不可以。我頭髮很亂，也沒有洗臉。而且還穿著鬆鬆垮垮的睡衣。」

「我不在意啊。」

「我想也是。但我會在意。」

之前都逕自跑來我房間了，站在相反的立場她似乎不讓我這樣做。

「那我就站在這裡說吧，老師同意我演奏了。」

「無論媽媽怎麼說，我本來就打算演奏那首曲子。比起這個，可以請你跟我說你是和媽媽做了什麼樣的約定嗎？」

「約定？」

「你們剛才在客廳有講到這件事吧。你說自己毀約了什麼的。」

「難道妳在偷聽嗎？」

「請別說得那麼難聽。我只是在去上廁所的時候偶然聽到而已。」

那時機還真是剛好。

「所以說，你們約定了什麼事？請你告訴我，也別想要蒙混過去。」

優子的聲音中帶了點急躁。感覺就像散發出殺氣一般。照這情況看來，我也只能死心了。

「四年前，老師拜託我不要再跟妳見面了。她說只要跟我扯上關係，優子無論如何都會回想起恭介的事情。」

四年前的優子無法接受恭介的死，因此心神憔悴了好一陣子。我到現在還能回想起她像是囈語般喃喃地說著恭介會死都是自己害的那副模樣。

我再也不想見到她那樣的身影了。

所以我才跟老師立下約定。

「所以你一直以來都是乖乖遵守著那個約定嗎？」

「我確實跟老師立下了約定，但也不只是如此而已。跟妳在一起就會回想起恭介的事情，因而感到難受的人是我才對。所以我才選擇逃避。」

現在回想起來，老師當時或許是發現了這件事。所以也有可能是為了消去我的罪惡感，才跟我立下「不再跟優子見面」的約定。

然而，我這四年來還是無法甩開恭介的影子。

「我將所有跟恭介有關的東西全都丟光，只想盡可能逃得遠遠的。之所以決定就讀比較少有同學去念的高中，還有考取機車駕照，全都是因為這樣。雖然就算這麼做了，我最後依然哪裡也去不成就是了。」

國中的時候，我覺得只要考到駕照，想去哪裡都不成問題。但是，那樣還是無法逃離回憶。說穿了，那時候我身上的錢也還不夠買一台機車。

現在應該是能用我存下來的打工薪水買一台機車了吧。但我也沒有特別想去的地方。

我明明想忘掉一切逃得遠遠的，然而無論如何心中都還存有留戀。

所以我才會直到現在還在這裡。

「那時候的我，無論難過的事情還是開心的事情，全都只想忘得一乾二淨。」

但我卻不知道那有多麼困難。

「結果我還是辦不到。所以應該是我的做法錯了吧。」

單純不去面對是不行的。只要沒有做個了斷，後悔的情感就會永遠跟著我。

我一直找不到要演奏〈真空中聽見的聲音〉的理由。

說不定真的就如同被大石還有原老師看穿的那樣，其實我並不想演奏這首曲子。至今我都蒙混掉這樣的心情，只是一直協助優子而已，但現在已經不一樣了。

「我會為了與恭介餞別而演奏〈真空中聽見的聲音〉。」

我要讓那段開心的日子、只有三人的演奏會好好做個了結。我是為此才參加那場三十六小時的演奏。

「所以優子也只要照妳想的去做就行了。」

就算演奏了那首曲子，我並不相信就能因此找到成為止者的恭介。但我也不會去阻撓這件事情。對於她的想法，我只抱持著這種程度的微弱肯定。

房門的另一頭沒有傳來回應。那也是無可厚非吧。這並不是該對才剛退燒的人談論的事情。

「抱歉，我說得太久，這就要回去了。啊，我去便利商店買了冰過來，妳晚點吃吧。」

「……我喜歡吃冰已經是小時候的事情了。」

隔著房門，我能聽見優子微弱的聲音。

我記得以前每當優子不高興的時候，恭介都會去買冰給她。所以我才會誤以為優子現在也喜歡吃冰。

「而且，那個時候我也不是特別喜歡吃冰。只是因為哥哥總是感到很愧疚地去買給我……因為他是為了我去買的，所以我才喜歡。但也因此害得哥哥遭逢那場意外。」

這是我第一次聽優子親口說出恭介那天出門的理由。但是，我原本就有猜到可能是這樣了。

那傢伙出門的時候都會搭公車。尤其是假日的時候。這樣的恭介會徒步出門的理由屈指可數，其中一個就是為了到附近的便利商店買冰。

「那天，相馬學長跟哥哥吵架了對吧。」

「嗯，因為一些無聊的瑣事吵架了。」

恭介總之就是非常討厭與人來往。

因此他只有我這個朋友，也沒有參加社團活動。以前我自以為是地警告過他這樣不行，一再地強推他加入管樂社。

現在回想起來，或許是當時的我太過沉迷了。

國中加入管樂社的我，在那裡第一次體驗了所謂的合奏。

練習很辛苦，大家的樂音要配合起來也很困難。但會帶來其他事情無可比擬的成就感。體驗了那樣的合奏之後，我就很想跟恭介共享這種感覺。

對於這麼煩人的我，恭介有一次說了「合奏本身就是無法成立的音樂」。

我們吵架的原因就出自這句話。因為我很喜歡合奏，所以我對恭介所說的話產生抗拒。

在那隔天，我被恭介叫去他的房間。

還以為是有什麼事情，他卻只說了雙胞胎悖論怎樣之類，是不是能在真空中聽見聲音等等，這種莫名其妙的話而已。於是我就憤而回家。

在那過後幾個小時，恭介就死了。

「我對哥哥說，希望你們可以快點和好。或許是我的語氣太尖銳了。我想哥哥是因此才會為了討我歡心，而跑去便利商店。」

他是在那途中遭逢意外的吧。正式從優子口中聽見這件事，也讓我產生了格外難受的心情。這讓我無法隨口對她說別放在心上。

而且，他本來應該是打算買兩人份的冰。

恭介在跟我吵架的時候，也很常買冰當作賠禮。

「我很想見到哥哥，並向他道歉。」

「那傢伙才不會恨妳呢。」

「即使如此，我還是想再見到哥哥一面。」

「這樣啊。」

那我也無法再出言阻止她了。

我們是基於完全相反的理由，而決定演奏同一首曲子。這樣也好吧。

「最後，請你回答我一件事。」

優子出聲留住正準備離開的我。

「相馬學長，你真的不想再見到哥哥了嗎？」

這是個困難的問題。

要說謊很簡單，但我還是不禁沉思了一下。

我第一次見到止者，是在從恭介的葬禮回家的路上。

雖然不知道那究竟是幽靈還是幻覺，但我想見到更多人。我也曾經想過，如果是幽靈，說不定恭介也身在其中。

但未成年要在半夜或一大清早外出是一大問題。所以升上高中之後，我立刻開始從事這份配送報紙的打工。在清晨澄澈的空氣當中，我騎著腳踏車，一邊配送報紙，一邊看著止者們，度過這段時間。我也是在那個時期繞遠路時，第一次在河岸邊遇見河合。

那個時候若要說起我沒有在尋找恭介的身影，就是騙人的。那個時候我確實夢想著可以再次見到恭介。就這點來說，我跟優子在做的事情沒什麼兩樣。

但現在已經不一樣了。跟河合相處下來，我知道一直跟止者在一起，也並非絕對是件幸福的事情。

所以我不會想見到成為止者的恭介。

雖然我也想過如果那傢伙能夠復活，就又是另一回事，但這也不過是無法實現的夢想而已。既然如此，我也決定好要怎麼答覆優子了。

「我不想。」

半是真心，半是謊言。

房門的另一頭，就此再也沒有傳出任何回應。

回家並睡了一下之後，我一如往常地完成了打工的工作。不同於昨天，我現在心情很平靜，道路施工的工程也已經完成了。所以工作起來真的是一如往常地輕快。

今天我也繞了遠路，並途經河岸邊，然而還是沒有聽見小號的樂聲。雖然感覺就像再次看不見止者一般，但要是河合不在這裡會讓我很傷腦筋。

被不安的心情驅使著，當我踩著急忙的步伐前往平常的那個地方時，只見河合就在那裡。她將小號拿在垂下來的手上，頭也壓得低低的。

「妳今天不演奏嗎？」

我這麼向她搭話之後，河合就像是彈了一下猛地抬起頭來。接著吐出一道長長的呼息。那看起來也像是在嘆氣。

「我還以為你再也看不見我了。」

河合細聲地喃喃說著「太好了」。

「昨天你似乎沒有聽見演奏跟我的聲音，讓我總覺得有點害怕。」

昨天我一下往左一下往右拚命來來回回的樣子，她似乎全都看得一清二楚了。真丟臉。

「那時候因為有很多事情而無法經過一条戻橋。我想應該是因為這樣，才會變得沒辦法看見妳。」

「一条戻橋嗎？距離這裡有點遠呢。」

「我平常在送報時都會經過。可能是一定要經過那裡才行吧。」

原老師也說會開車經過那裡。而且優子家就在一条戻橋附近。河合的弟弟想必也會在前往御所時途經那裡吧。

所以我推測能看見止者的條件之一，就是要經過一条戻橋。

但如果只是這樣，應該要有更多人都能看見止者才是。

我想一定還有其他好幾項條件，當全部具備的時候，才有辦法跟止者接觸吧。但是，既沒必要解開所有條件，我也不認為自己能搞懂這些事情。

「但你怎麼知道一条戻橋就是關鍵呢？」

「據說自古以來就有傳言一条戻橋是連接陰世跟現世的橋梁。所以我才會想是不是跟這有關係。」

順帶一提，告訴我這件事情的人是祖母。最喜歡這座城市的祖母知道各式各樣的事情，也動不動就會跟我說這方面的知識。而那在十幾年後，便幫了我一個大忙。

「總之，可以再見到妳真是太好了。我聽優子說妳跟妳弟弟起了爭執，一直覺得很擔心。抱歉，都是我說了那種多餘的話吧。」

「不，這是我們總有一天要面對的問題。」

河合淺淺一笑。

「就算我可以跟弟弟聊點回憶，也幾乎沒辦法一起留下新的回憶。豈止如此，我還妨礙到弟弟的日常生活。」

但那是他所期望的。知道優子這樣的例子，我也大概可以想像得到河合她弟弟所期望的事情。

「我死掉的時候，沒有足夠的時間好好跟家人道別。但這次我至少有著可以做到這點的緩衝。所以我不是要逃避，而是要好好道別，並漸漸跟弟弟分道揚鑣。」

「妳有打算要去哪裡嗎？」

「不，完全沒有。但值得慶幸的是，我既不會餓肚子，也不會想睡，所以哪裡都能去。」

「喔，這倒是。」

我盡可能不想說些否定的話，結果就在奇怪的地方做出了肯定的回答。

實際上，只要不用煩惱體力跟金錢的事情，要去哪裡都可以。不會受困於睡意、飢餓及天候狀況的話，就更是理想了。或許束縛住身為止者的河合，就只有人際關係而已。

在那之後，我跟河合一起做了基礎練習，並吹奏了〈小星星〉。

我再次體認到自己真的很喜歡她吹奏的〈小星星〉。

這樣的時光也漸近尾聲了，但我唯獨很想在吹奏的這段期間忘掉這件事。

光陰似箭。

在那之後直到九月的日子轉眼間就過去了。

我也很希望這段期間所有事情進展得很順利，但現實並沒有這麼好過。

首先是編曲。以掌握了整首曲子的優子為首，擅於作曲的社員們合力將〈真空中聽見的聲音〉改編成比較容易演奏的曲子。即使如此，演奏時間那麼長，整個過程都很艱辛。這件事是有參與編曲的宇佐見一邊吃著薯條一邊跟我說的。

在這期間，像我跟大石這種無法協助編曲的社員，就一邊進行基礎訓練，並跟其他社員一起為了招募幫手而奔波。我們找了熱音社以及原本是管樂社的人，最後總算組成共計四十八人的聯合演奏隊時，已經是五月中旬過後的事了。

後來要將完成編曲的各部門樂譜按照人數分發出去時，也費了好一番功夫。由於張數實在過多，甚至差點就要將學校的影印機給弄壞了。

在那之後便將四十八人分成三組編成。雖然在演奏段落間會有所差異，但基本上是演奏兩小時就交接給下一組的形式。儘管這樣算起來每一次演奏都能休息四小時，不過思及要補充水分，並為下一次演奏進行準備等等，其實也稱不上多從容。但在時間上的安排來說，這樣就是極限了。

而且演奏場所的問題也突然浮現。

一開始打算從頭到尾都在音樂教室演奏，但校慶執行委員會在得知企畫內容之後，就跟我們說「希望也能在體育館進行演奏」。

社團內部討論的結果，發現也有滿多社員跟幫手想站在舞台上表演，因此就決定答應這件事，然而這也帶來了另一番波折。

演奏不能中斷是一大前提。

現在變成最剛開始的一小時要在體育館演奏，接著必須盡快從那裡移動到音樂教室才行。由於有些樂器並不易於搬運，因此在人員組成跟移動方面就要重新討論。

白天的管樂社大概就像這樣過了一段慌亂忙碌的日子，但要說起夜間的演奏隊是否就沒有任何問題，倒也不然。

首先是要分發完成編曲的樂譜。這真是一大難題。

在我們討論的時候得知我們無法觸碰到止者的物品，反之，我們的東西也沒辦法交給他們。如此一來，就只能用最古老的手寫方式抄譜才行。

我每天都跟優子一起將樂譜一點一點帶去兒童公園，讓止者們抄寫。就算是幾十個人同時進行，光是抄寫時間就花費了將近兩個星期。

在那之後就是要掌握各樂器部門的分配及練習的地方。起初請止者演奏的時間，預計是從第一天晚上九點開始，直到隔天早上五點為止的深夜八小時而已。

但當我們說無論如何都希望有段時間可以一起演奏，並如此提議之後，河合他們也都表示贊成。

所以在第二天的晚上八點到九點，也就是最後這一小時，他們也會幫忙演奏。

在此又出現的問題，就是原老師也能看見止者這點。

止者的演奏隊聚集了無論年齡、性別及服裝全都迥異的人們。雖然我有想過就說他們是畢業生蒙混過去，但依然並非社團成員。很難想像那個原老師會同意讓不是社團成員的人進到夜晚的校園內。可是若要從頭說明止者的事情，造成原老師更大的負擔，也讓我覺得很過意不去。

煩惱到最後，還是決定隱瞞止者的事情，就此進行下去。只要請原老師在校慶期間不要經過一条戻橋就行了。

我跟大石說了一個胡扯的謊言，表示「有國外的朋友會在半夜替我們進行演奏」。因為各種原委無法證明他們有在持續演奏，但總之在我們休息的期間，也會有人替我們演奏就是了。

雖然在一旁聽了這件事的宇佐見一臉狐疑的樣子，倒是蒙混過大石了。她基本上就不是個會去懷疑他人的傢伙，這種時候真是幫了個大忙。

還有，演奏到最高潮的地方時，調整成由優子擔任指揮。雖然管樂社聽不見止者的演奏，但只要雙方都看著優子的指揮，樂聲多少都會比較容易配合得起來。

解決完這些問題，最後所有人湊齊開始進入正式練習的時候，已經是蟬鳴四起的時節了。

若要說起我的演奏技巧有沒有進步，我還是一樣不是很清楚。說穿了，從以前開始，我就很少對自己的演奏感到滿意。就算現在放學後跟開始上課前都在持續練習，我也不知道自己的實力有沒有回到以前那樣的程度。

但既然要參與演奏，就不能扯大家的後腿。

為了不讓手指在演奏途中卡住，為了能在吹出長音時還能保持呼吸，為了演奏出有著直挺挺的主幹的樂聲，我只能一步步踏實地鍛鍊下去。

順帶一提，校慶期間我向打工的公司請假了。不管怎麼說，三十六小時的演奏跟配送的工作總不可能兼顧。而且請假的事情也很乾脆就得到許可了。

面對各式各樣的問題，總算是絞盡腦汁想出解決辦法之後，就只能練習練習再練習。

管樂社負責演奏的時間是從第一天早上九點開始，直到晚上九點的十二小時，以及第二天早上五點開始直到晚上九點的十六小時，總計二十八小時。

就算分成三組人馬演奏，每個人都還是得演奏九小時以上才行。

無論練習期間有多長感覺都不夠。儘管暑假期間完全沒有跟同學一起準備班上校慶要用的東西，也真的是從早到晚都在練習，卻還是覺得不太夠。

何況演奏時間那麼長，也不可能整首曲子完整合奏一次。因此只挑出了幾個比較困難的地方，做重點式的練習。

恭介遺留下來的〈真空中聽見的聲音〉濃淡差距很大。樂譜上有些地方會被音符塞得一片黑壓壓，並要求演奏出起伏很大的音階，也有只讓少數樂器悠哉演奏一般留了許多空白的地方。無論何者都各有不同的難處，但以樂聲互相配合來說，還是黑壓壓的地方比較困難。這單純因為多了很多參與的樂器跟音階，也可說是理所當然。

為了實現這場合奏，除了練習以外，我們也一起討論了很多事情。這樣才能共享彼此對於樂曲的印象，並漸漸去完成一首曲子。

就這樣，在我人生當中最為忙碌的暑假結束，時間也終於來到九月。

校慶就近在明天。

為此，今天放學後我們將樂器搬到體育館的舞台，也把握了可以在舞台上練習的寶貴時間。我們仔細地一再確認，至少在演奏一開始的那一小時能順利進行才是。

「各位～請看向這邊！」

社長大石大大地揮著手，叫住了所有社員。

「大家都辛苦了。校慶前一天的準備到此結束。為了明天即將展開的演奏，今天請各位要好好休息。那麼，就先解散啦！」

社員跟前來幫忙的人們都齊聲回應「辛苦了」。這段漫長的準備期間，全都是為了從明天開始為期兩天的演奏。

「那就趕緊回去吧。我們還有事情要準備。」

「也是呢。」

優子對我這麼說，我們便一同步上歸途。

在中井家隔著房門談過那次之後，我們再也沒有論及恭介的事。我是刻意迴避了這個話題，但就不知道優子是否也跟我一樣。

「你從今天開始打工就請假了對吧。請不要一個鬆懈就睡過頭了喔。」

「可別小看我了，我唯一的特技就是早睡早起。」

「說是這樣說，但你之前不也有一次睡過頭了。」

「我才不會重蹈覆轍。」

像這樣留下豪語的當天我就睡過頭了。不，其實我有在平常的時間醒來，但就敗在腦中浮現了「反正今天不用打工就再睡一下吧」這個想法。

當我醒來時，已經是跟優子約好碰面的凌晨四點，於是慌慌張張梳洗過後就衝出家門。

「就連唯一的特技也喪失了呢。」

「真是臉上無光。」

一邊向在中井家門口心情很差地等著我的優子道歉，便一同前往御所的兒童公園。止者們似乎已經開始做準備，我聽見了〈真空中聽見的聲音〉的其中一段。

演奏結束之後，我立刻就找到河合了。不管現場有多少人，只要去找那雙穿著黑色褲襪的美腿就行了。那是我在這幾年來已經看慣的身影。

不知道是不是注意到我帶有邪念的視線，河合便朝我這邊跑了過來。

「相馬，辛苦了。」

「事前彩排還順利嗎？」

「嗯，大家都很期待喔。當然我也是。」

河合表現出開朗的樣子，也讓我放心了。

「那我也趕緊加入你們一起彩排吧。」

反正等一下到學校也要吹奏，早點熱身也好。這也算做最後一次確認，我便跟河合他們一起演奏了一段。

一小時後，我跟優子伴隨著日出走在街道上。由於已經完全清醒了，我們打算直接前往學校。

再過幾個小時，校慶即將開始。接下來就是無間斷的三十六小時演奏。光是想到接下來兩天的事情，我就覺得快昏倒了。

但既然開始了，總會有結束的時候。就跟漫長的夢境總會清醒一樣。

無論任何事情，都是這樣有始就有終。

「這麼說來，相馬學長。我一直很在意，但你知道哥哥取的這個曲名的意義嗎？」

音樂就是音樂，除此之外什麼也不是。恭介總是抱持著這樣的態度。

這樣的恭介唯一命名的就是〈真空中聽見的聲音〉，因此想必是具有一些意義的吧。

斑馬線前的號誌轉綠，我們一邊注意著來車橫越過去。

關於曲名的意義，我心裡是有一個說不定是這樣的想法。雖然我也不知道是不是正確答案，但正適合在前往學校的路上談論吧。

「說穿了，長達三十六小時的演奏，是沒有人可以從頭聽到最後的吧。」

被點出好幾次，〈真空中聽見的聲音〉所抱持的結構性缺陷。

人會想睡，也會肚子餓，更會想去上廁所。不可能三十六小時都一直靜靜地聆聽著音樂。

「也就是說，這是任誰都聽不見的音樂，而這就跟在不會產生聲音的真空之中演奏一樣。我在想會不會是這樣的意思。」

如果演奏時間能控制在符合常識的長度，就算在沒有任何聽眾的地方演奏，至少演奏者本身可以從頭聽到最後。

但這首曲子無論有多少聽眾，無論有多少演奏者參與，都沒有人可以從頭完整聽到最後。

就連演奏者本人都聽不見的樂聲。所以才會稱作真空吧。

對於我的回答，優子似乎不太滿意。

「但〈真空中聽見的聲音〉也是哥哥說的喔。是可以聽見的。所以我覺得這不是正確答案。」

「也是呢。可以聽見的這點，是讓人搞不太懂的部分。」

真空中聽不見聲音。但恭介卻說聽得見。

「不知道哥哥是抱持著什麼打算，才做出這種曲子的呢？明天演奏過後，是不是就能有所理解了呢？」

優子仰望著甫亮的天空，這麼說了。

接著，校慶終於揭開序幕。

直到離別前所需的時間

演奏從整齊劃一的樂聲中開始。這種踏實的感覺讓原義昭鬆了一口氣。

合奏當中，最重要的就是最開始的那一個音。唯有起頭就碰壁是絕對想避免的狀況。因此為了讓這個音整齊，大家至今都反覆練習了好幾次。

多虧如此，合奏有了好的起頭。樂聲也很安定。

以小號跟長號為首的銅管樂器、薩克斯風及豎笛等木管樂器，再加上小鼓等打擊樂器。

演奏方法跟演奏者都不同的各種樂器的聲音，在同一個時間點一齊響起。震懾於帶著滿滿魄力的樂聲，拿著指揮棒的手都不禁為之撼動。或許是覺得很緊張吧。感覺就像自己在參加社團活動一樣。

原在學生時代，並沒有在社團活動中投注太多熱忱。之所以加入管樂社也只是基於朋友邀請這樣的理由，放學後比起練習，還更常跟社團的其他男生聚在一起玩撲克牌。那時的原每天都很樂於度過這樣的生活。但就算現在想去回想，記憶的輪廓都顯得模糊。

就這點來說，接下來要挑戰演奏〈真空中聽見的聲音〉的學生們想必就不一樣了。在社團活動投注了多少熱情，這場演奏就會在他們的記憶當中留存多久吧。

原對於如何看待社團活動這件事，至今還給不出一個答案。

比起身為學生的時候，在成為教師之後，反而更加搞不懂了。

正因為他身邊有個在社團活動的影響下，讓自己的未來變得狹隘的朋友，所以原至今才會一直都跟學生們說，比起社團活動要以學業為優先。

盡可能不要讓孩子們太辛苦，不讓他們受到折磨，然而這樣的想法其實也不太正確吧。

自己還是學生的時候，那個社會及環境都跟現在大相逕庭。既然如此，很有可能固執地限制他們參與社團活動，反而會限縮了他們未來的可能性。

社員們帶著認真的眼神注視著原手中的指揮棒。就等同於那些視線中流露出來，甚至更勝於此的，原也相當拚命。指揮的動作開始漸漸加大，也越加忙碌起來。

這首曲子要表現出來的音非常多。這狀況在樂曲剛開始的階段又更為顯著。必須讓所有樂器都接連演奏出不同的旋律才行。

學生們的心情一旦焦急，曲子的節奏也會跟著變快。而要管理這個狀況並循序引導，正是原的責任。要將放縱地接連演奏出的樂聲統整成形。

指揮不會直接發出聲音。

但這對合奏來說，是不可或缺的重要職責。為了不讓演奏產生破綻，就必須靜靜地引導全體。

不能太搶眼，但也不能對演奏者太客氣。這方面來說跟教師的工作滿相像的。

演奏才剛開始幾分鐘而已，原也開始流汗了。不同於慢跑時的汗水，這是帶著緊張感的冷汗。

演奏在這之後還要持續下去。

在體育館的演奏只有短短一小時左右，但〈真空中聽見的聲音〉之後還要繼續演奏下去，預計要到明天晚上整首樂曲才會結束。

前方還有很長一段艱辛的路程。

不只是這場演奏而已，對於演奏著樂器的學生們的未來也是一樣。

永遠只有回想起的當下可以決定回憶的價值。這無關當時自己是否樂在其中。

原是幾乎不可能給未來的他們助一臂之力。但是，他現在還可以協助讓這場演奏化為一段美好的回憶。

如果未來的他們可以不要為這段時間，以及練習〈真空中聽見的聲音〉的那些日子感到後悔，並走在自己的日常之中就好了。

期許著今天這場演奏能夠化為未來互相談論起的一段美好回憶，原揮下了指揮棒。

＊＊＊

體育館的演奏在原老師的指揮下，一小時之後順利落幕。大石裕美明確地感受到這是一場很有魄力的演奏。她不禁在唇邊揚起了笑意。

但〈真空中聽見的聲音〉的演奏還要持續下去。沒有時間沉浸在下了舞台的餘韻之中。

時間是早上十點。

大石抱著長笛快步離開了體育館。雖然聽眾的掌聲讓她覺得依依不捨，現在總不能中斷注意力。

她在腦中響起接下來準備要演奏的樂譜，並在耳中反芻地回想著反覆練習好幾次的音樂。一邊讓下一段旋律輕聲地在舌尖流轉，她便朝著音樂教室走去。

她回想起在練習合奏時，大家決定要共享樂曲印象的事情。

為了順利演奏長達三十六小時的壯闊樂曲，還是先將整個社團對於樂曲的印象統整起來比較好。這樣樂聲也會比較容易配合。

社員們集思廣益的結果，管樂社決定以四季為印象進行演奏。將三十六小時分成四個季節，已確立各自的印象。

起初的九小時是春天。

開始演奏之後的將近兩小時中，是以明快且帶有節奏感的華麗曲調進行。一開始厚重且密集的樂聲就像春季襲來的風暴，在那過去之後便緩和下來，仔細地演奏每一個音，讓觀眾感受到猶如春天氣候的變化一般。

這場演奏不只是難在樂曲本身的難度而已。每隔幾個小時就要輪替演奏者也是一大問題。

在體育館演奏途中有些先行離開的人員，將按照計畫抵達音樂教室後接續著演奏下去，但還是想盡快跟大家會合。

九月的空氣還很悶熱，沁濕的汗水讓衣服貼上肌膚。

走上樓梯的時候，聽見從音樂教室傳來的樂聲，讓大石鬆了一口氣。但她立刻屏氣凝神，在留心不發出太大聲響的狀況下輕步踏入音樂教室。椅子跟譜架在昨天都已經準備好了。坐上計畫中安排好的座位後，調整了呼吸便加入合奏。

演奏才剛開始一個小時而已。

然而考量到後續的演奏要做好體力分配什麼的，她打從一開始就沒有要做這種困難的事情。

現在最重要的是奪回演奏的氣勢。

為了不讓人感受到人數變少所帶來的影響，她像是要引導一起演奏的社員們一般，吹響了長笛的樂聲。

大石是從高中才開始接觸樂器。新生歡迎會上聽見的那場合奏演出，完全擄獲了她的心。

尤其長笛更是厲害。明明沒有像是銅管樂器或打擊樂器那般的音量，清晰又通透的樂聲卻完全不會被埋沒，很是響亮。大石對那般凜然的存在感十分著迷，並選擇了長笛。

現在的自己，有沒有表現出接近那一天憧憬的演奏了呢？她以長笛澄澈的音色，吹跑了轉瞬間在心中來去的不安。

不斷練習的那些日子會累積成自信。以前會覺得不順的運指動作，今天表現得十分順暢，吐音也維持得很好。正因為是之前失敗了好幾次的地方，才能在正式演出時不帶一絲陰影地漂亮吹奏出來。

當演奏順利的時候，很不可思議的是，都感受不到長笛的沉重。

運用比說話時還更豐沛的呼息，接連將旋律吹送出去。

現在這個部分擔任指揮的是學妹宇佐見。她身為指揮的身影看起來更為美麗。何況現在的曲調也較為平穩，她的姿勢看起來就像在跳一支優雅的舞似的。就連指尖的動作都會受到她的視線牽引。

宇佐見指揮的節奏比大石所預料的還要和緩。或許是自己的狀況太好，顯得有些急躁了。

順從宇佐見像在曉諭般的動作，踏實地延續著呼息。接著再讓長笛配合呼吸。平常總是行事冷靜的宇佐見現在身為指揮，安撫著差點就要衝向前去的大石。雖然節奏輕快的演奏很困難，要將平穩的曲調延續下去也不簡單。手指跟肺都快按捺不住地等待著下一個音。

大石知道宇佐見這時壓抑著自己的理由。為了凸顯接在這段之後的連音，現在必須維持在沉穩的音色才行。所以大石也特別留意要吹奏出宛如融入整體的柔和音色。

至今她一直想追求一個淺顯易懂的結果。要是沒有一個足以讓別人稱讚「妳很努力了」的成果，就會感到不安。

以這一點來說，這次的演奏是失敗了吧。校慶上的演出既不會經過評比列出名次，演奏〈真空中聽見的聲音〉這點也沒什麼特別值得表揚的地方。就算單純從演奏的完成度這點來看，想必也沒辦法表現得值得受人稱讚。光是可以順利演奏到最後，就已經使盡全力了。

但是，大石覺得這樣就好了。

在應該秉為目標的東西，以及獲得的事物上並沒有正確解答。不必絕對要執著於過去的身影。

大石將在這場演奏結束之後退出管樂社。她不知道上了大學之後會不會繼續接觸樂器。說穿了，以現階段來講，能不能考上大學都成問題。

所以這是自己跟樂器的一次餞別。

宇佐見透過指揮棒，表示那一刻終於到來了。

大石吹進一口氣，讓樂聲展翅翱翔。已經沒必要抑止了。像是一陣狂風呼嘯下，落花如飛雪般四散的合奏之中，長笛的音色就像引導一般飛了出去。

就是這個。

即使是在許多樂器當中，也具備明顯存在感的美麗音色。就是因為憧憬長笛吹奏出的這種音色，大石現在才會在這裡。可謂稱心之音。讓人心情雀躍到不得了。

音樂真是太開心了。光是如此就已足夠。

其他事情想必都只是附帶的而已。

如果這段快樂的時光可以永遠持續下去就好了。

乘著喜悅，大石繼續伴隨著長笛高歌下去。

＊＊＊

大石的長笛氣勢沒有一絲減退，吹奏出耀眼的樂音。

宇佐見志保為了不被那道音色拋下，而以小號追隨上去。儘管無法吹奏出像大石那樣活潑的樂音，但她盡可能讓自己的音色安定下來，並在指尖加重了力道。

下午三點過後。

宇佐見覺得撐著小號的手越來越沉重。就算不想去注意，疲勞還是持續累積。自己的身體一點一點變得像石頭那樣無法自由動作的感覺慢慢擴散到全身。

自從開始演奏之後，過了大約六小時。

雖然還不到整首樂曲的兩成，但能聽得出樂聲的精準度及魄力都漸漸地比剛開始演奏時還要衰弱。

宇佐見像是忘記疲憊感一般，專注地演奏。

合奏最重要的就是樂聲之間的配合度。整體當然是不用說，若是連樂器部門內的樂聲都參差不齊就太不像樣了。

小號部門的組長是宇佐見。

根據年功序列來說，照理是由三年級的相馬擔任，但他本人卻果斷地拒絕，宇佐見才會成為部門組長。因此她自認相當關注同一部門的社員。

樂曲漸漸來到小號需要吹出一段長長高音的地方。這裡必須讓輕盈的旋律充斥著整間教室。千萬不可以讓人聽起來覺得好像吹得很痛苦。

宇佐見直直地吹進了呼息。

不只是音程，就連樂音的強度也必須留意要保持在一定的強度。要在維持著吐音，同時持續漂亮地吹進呼息相當困難。這總是讓她覺得自己好像在沒有吊鋼絲的狀況下跨越鋼索一般。總不能摔落下去，因此她小心翼翼地將注意力集中在唇舌的神經。

一年級中負責吹奏小號的女生三人組的樂聲，由於經驗不足，很難稱得上洗鍊。但她們已經學會要好好去聽對方的樂聲，因此以合奏必備的整齊樂音來說是及格了。

由於小號在合奏當中經常會負責吹奏主旋律，因此無論好壞都會很引人注目。在這首〈真空中聽見的聲音〉當中，這點也不例外。所以遑論漏掉一個音，只要些微偏離都會致命。

相較於一年級學生的演奏，相馬的演奏則有著一股安定感。

要拉長樂音並維持安定的時候，就連宇佐見都會覺得呼吸困難。現在也是如此。不管再怎麼小心翼翼，都還是會讓樂音有些混濁。

但相馬的音色卻沒有一絲動搖。

就算有複雜的連音，就算必須吹奏出連宇佐見都會感到痛苦的長音，他的音程都是既安定又持續。恐怕是肺活量的差異吧。

相馬的小號與他本人的個性很不相襯地吹奏著沉穩的音色。雖然他說將近四年沒有碰過樂器了，但單純以熟練度來說，他恐怕比這個社團的任何人都還要高吧。

不過，常會有種尷尬的感覺。

簡直就像被迫跟已經分手的戀人共舞似的，帶著像是尷尬極後悔那般的音色。而那也成了一種雜音。

小號部門的短暫間歇總算到來。她暫時鬆開吹嘴，讓嘴唇休息一下。

一邊聽著四周的演奏，宇佐見無意間陷入沉思。

有參加編曲的宇佐見，自認就算是跟其他社員相比，也更加理解〈真空中聽見的聲音〉。但相對的，這也讓她一直抱持著一個疑問。

為什麼〈真空中聽見的聲音〉的演奏時間要長達三十六小時呢？

宇佐見無法得知作曲者的想法。但她能從樂譜中讀取出並不是自然而然變成這樣的。

例如樂器的數量。此時正在演奏的晚春部分，同時在進行演奏的樂器數量很少。就只有小號、長號跟低音號而已。全是以銅管樂器構成的樂音，沉重地演奏出春天的終曲。

在〈真空中聽見的聲音〉當中，像現在這樣僅鎖定極少數樂器同時演奏的地方，有時會很引人注目。在周遭流動的音樂節奏也很緩慢，讓宇佐見也能像這樣得到喘息的空間。甚至讓人覺得，簡直是刻意要讓演奏者休息似的。

但才這麼想，接著又會讓人見到像起頭那樣拋出無數個音符般殘忍的一面。

這是在混亂的狀態之中，同時兼具帶有常識一面的曲子。

既然如此，演奏時間會這麼長，應該也有著某種意義才對。

儘管現在還搞不懂，或許只要再次重頭演奏過一次，就能有不一樣的看法了。

與樂聲一起降臨的發想，讓宇佐見起了雞皮疙瘩。

現在這場演奏再也不會有第二次了。

但〈真空中聽見的聲音〉本身卻是可以演奏無數次。

短短幾小節的間歇時間結束，宇佐見再次架起小號。

或許是心情覺得輕鬆許多了，直到剛才還顯得僵硬的身體，現在可以穩穩地撐住樂器，肺部也能確實地膨脹起來。

對自己來說，這場演奏並不是最後。事到如今，她才察覺這樣理所當然的道理。

她很明白演奏都還沒結束，就去思考未來的事情也太心急了。

但是，對於未來抱持希望這件事，就能成為持續進行這場演奏的動力。

在緩緩遠去的春天樂音中，不知不覺間，宇佐見便忘卻了小號的沉重，輕快地吹奏著。

＊＊＊

接續下從白天延續至今的音樂，河合華的手還留有當時那種緊張的感覺。

晚上九點半。

止者們在充斥著滿滿活力的演奏中，華強烈地感受到不得失敗的壓力。但正因為如此，她告訴自己在演奏時更不能太過急躁。

一起演奏的夥伴們無論連年齡還是經歷都各有不同。而且身上帶著的樂器也很多樣，像是響板、直笛，就連口風琴之類的樂器也都參加了這場演奏。

直笛伴隨著長笛加入輕快的樂音，再加上口風琴點綴了豐富的音色。響板搭配著節奏，這讓華也跟著悠哉地吹奏出樂聲。

開朗又快樂的演奏，抹去了華的急躁。

一群人自己靠過來湊在一起完成的合奏，就是難以套進任何一種形式。在一片渾沌之中勉強統整出樂音，並維持在合奏最低限度的體制。

跟夥伴們一起進行像是打翻玩具箱一般的演奏真的很開心。正因為如此，當樂曲中有間歇到來的瞬間，感覺就會包覆在一股寂寞及漂亮的餘韻裡。

華甚至忘了放下小號，她沉迷地聽著樂聲，並一邊回想起跟相馬之間相處的點滴。

跟相馬的邂逅是一場偶然。

當華悄悄在河岸邊吹奏小號時，相馬就突然現身，在那之後就一直聽著她演奏。還不知道彼此名字時，相馬的話總是很少，感覺有些寂寥，她還記得那就像是一隻野貓一般。

跟他之間的關係因為一份樂譜而產生了變化。以這份〈真空中聽見的聲音〉為契機，他們比過去還更加熟悉對方了。

後來，她知道了許多關於相馬的事情。

在跟華以外的人講話時常會開玩笑、總是滿臉笑容到令人覺得不自然的程度，以及他其實會演奏小號這件事。

現在，她像這樣在無緣畢業的高中音樂教室裡，跟他演奏著同一首樂曲。在跟管樂社交替之後，已經過了半小時左右吧。

短暫的間歇結束，下一段的演奏便再次加速。華也將注意力重新放回樂器上頭。

合奏的印象是四季這件事，早已和相馬他們共享了。所以華他們都知道，自己在演奏的這個部分，差不多就是夏季吧。

就如同灼熱地照射在大地上的太陽一般，低音十分顯著。相對於高音，比起耳朵，肌膚感受到低音的部分還更加強烈。

足以讓全身從指尖到頭髮都微微撼動起來，像是沉吟般的樂聲響起。不同於平常，華避免讓小號的聲音太過搶眼地相伴下去。

華能在自己吹奏出的樂聲當中，感受到相馬的影響。

相馬的音色很平穩，不會太過突出。雖然沒有讓人眼睛為之一亮的衝擊，卻有著讓人想一直聽下去的溫柔。

接續著演奏之前，她跟相馬稍微說了幾句話。已經連續演奏將近十二小時的相馬，再怎麼說看起來都比平常還要疲憊的樣子。

這樣的相馬在華的面前，迷惘般好幾次都飄移了視線。就華的感覺來說，相馬不太會說話。所以知道他在要說出內心所想的話語之前需要一段時間。

「我可以問妳跟弟弟之間後來怎麼樣了嗎？」

相馬說得相當婉轉，並露出傷腦筋的表情問道。

華在那之後就沒再跟相馬提過弟弟的事情。

以前跟他商量過弟弟的事情時，相馬顯得非常苦惱。所以才會為了避免給他帶來負擔而沒再提起，看樣子似乎造成反效果了。

「我們在那之後談了很多次，並跟他說我決定離開這個城市。雖然沒有認同，但他對我說隨姊姊高興就好。」

其實應該要早點分開比較好，這種事情明明心知肚明。但河合也很掛心留在世上的家人。即使發現了因為自己就近在咫尺，而妨礙到弟弟生活，她心中還是懷著一股難以割捨的感情。

之所以會找相馬商量，只是希望有人可以從背後推她一把。只是希望有人可以肯定自己跟家人分開是正確的選擇而已。

因為自己這樣想，而害得相馬苦惱不已的事情，讓她到現在還覺得很愧疚。

聞言，相馬一副鬆了一口氣的樣子喃喃說著「那就太好了」，這讓華不禁反問：

「相馬呢？你有開心地演奏了嗎？」

河合有發現相馬對〈真空中聽見的聲音〉抱持著複雜的感情。所以才會替他擔心。

「我不能感到開心。我是為了跟那傢伙訣別才演奏的。」

那個時候，相馬沉著一張臉，這麼說了。

這時曲調改變了。

原本平穩的樂譜又再次要求演奏出密度很高的音符，河合吹奏出生硬又冰冷的樂音，像一場急雨般落下。短暫卻又沒有止歇，是會讓人喘不過氣的地方。手指也自然跟著變得僵硬。

華不知道相馬抱持著過去。他沒有對她坦言那些事情。但她知道他一直都在為了實現這場演奏而努力。

所以河合對相馬說了。

「就算沒有決定是為了什麼而演奏，應該也沒關係吧。既然那是一首這麼優異的樂曲，即使是為了離別，還是一起開心地演奏吧。」

華回想起相馬在這番話之後，他露出的淺淺微笑。

就連這段宛如一陣豪雨的演奏，華跟夥伴們還是很樂在其中。要是心情黯淡下來，喉嚨也會跟著緊繃。為了回應這番樂譜，就需要柔軟的樂聲。因此，還是像現在這樣開心地演奏比較好。

在和家人分離時，以及離開這座城市的時候，華都想盡可能開朗地道別。

現在跟夥伴們一起演奏的這段時間讓她感到很開心，也可以明快地演奏。

不只是樂聲，一同演奏的夥伴們，看起來也都神采奕奕的。

河合至今也跟他們一起演奏了各式各樣的曲子。自從變成幽靈之後度過的夜晚，要是什麼事也不做就太過漫長了。

然而〈真空中聽見的聲音〉這場演奏，卻比無所事事的夜晚還更長久。如果只有自己，遑論演奏，甚至無法聽完這首曲子。

這首樂曲改變了他們自己的夜晚。

河合盡可能地仔細透過小號吹奏出音符。

將樂音銜接處自然又順暢地銜接過去，就像要將這個瞬間刻印在心頭般吹奏下去。

昏暗的音樂教室吸進了漫長又開心的演奏，就像要融進黑暗中一般。

＊＊＊

中井優子再次回顧了哥哥遺留下來的〈真空中聽見的聲音〉。

雖然焦點老是放在演奏長度，但當中最具特色的是有很多段獨奏。少的時候大概一小時有一次，多的時候每隔幾分鐘就會要求一次獨奏。尤其在後半段特別多。

像在確認演奏樂器可以發出的所有樂音似的，哥哥的樂譜會要求各式各樣的音階。簡直在說演奏者可以完全掌控樂器具備的完整音域是理所當然的事情。

沒有在管演奏者的狀況般的樂譜，象徵著哥哥的個性。

他應該是沒有任何遲疑，一心相信著演奏者能辦到這件事吧。那樣的信賴究竟化為多麼沉重的壓力，站在跟相馬同樣是演奏者立場的現在，她稍微有點可以理解了。

現在剛好是單簧管的獨奏部分。

此時唯一站起來的優子，練習時受到哥哥寫的無機質音符不少的折磨。要從最低的音域緩緩攀升到高音域，而且在這段期間，哥哥的樂譜並不允許她換氣。理所當然地要求她用循環呼吸。

所謂循環呼吸是維持在嘴巴吐氣的狀態下，從鼻腔吸入空氣的特殊演奏技巧。如此一來就能不中斷樂音，並吸收新鮮的空氣進到肺裡。

原理是很單純，但實際做起來並不容易。不但要兼顧適當的運指及吐音，還要一邊維持循環呼吸的技巧，不管練習了多少次，優子能撐到一分鐘就是極限了。

總算是順利吹奏完獨奏的部分。

雖然渾身湧上想要倒下的無力感，但演奏還在持續下去。她靜靜地坐回位子上，並再次拿起單簧管。

校慶第二天已經快要來到中午時間了。

從開始演奏到現在大概經過了二十七小時左右。這首曲子的秋天也快要結束，最終迎接冬天的到來。

昨晚在學校住了一宿。幾乎所有社員都在多功能教室並排鋪著床墊，就只有唯一一個男性社員相馬，似乎是跟顧問老師原一起睡在值班室。

雖然一點也不放鬆，但還是確實有休息到了。多虧如此，比起第一天尾聲的時候，現在的演奏也取回了一定程度的氣勢。

然而疲憊感也並非就此完全消除。儘管不至於漏掉哪個音，但整體來說，魄力都比不上昨天的表現。

優子不覺得自己有睡得多沉。就算睡著了，也一直在作被音符追著跑的夢境，心情上完全沒有得到放鬆。

現在，持續在音樂教室裡演奏的十幾個人當中，也能看見相馬的身影。

孩提時期的優子無法理解哥哥為什麼要將自己創作的樂譜給相馬演奏。

因為除了相馬，其他也還有好幾位會到母親的才藝教室上課的學生，而且那些人還演奏得更好，在練習上也投注了更多熱忱。

當時的相馬看起來不太喜歡小號，而且也不是很想來上課的樣子。說穿了，甚至吹不太出聲音。她無法接受哥哥的樂譜要給那種感覺馬上就會放棄的的人演奏。

「你為什麼會想給那個人演奏呢？他明明就吹得不好。」

面對年幼的優子提出的問題，哥哥沒有停下繼續寫著新樂譜的手，只是簡潔地答道：

「因為他感覺對小號最沒有執著啊。不然根本就不會想吹我的曲子吧。」

既然哥哥可以接受，優子也無從反對。但她還是無法認同。

那時的優子不太喜歡相馬。

雖然沒有直接講過話，但她看過好幾次他來上課的樣子。跟平常總是很沉穩的哥哥相比，相馬不但是個大嗓門，情感表現也很誇張。感覺很幼稚。

即使如此，她還是很想聽哥哥創作的曲子，因此第二次要演奏的時候，她便偷偷來到了地下室。

反正也不會多了不起。就算懷抱期待也沒用。

一邊這樣說服著自己，並悄悄打開隔音室的門朝著裡頭一看，就在那時。

至今從沒見過相馬那樣一臉認真地演奏著小號的身影，以及他吹奏出來的音色，輕而易舉地就讓優子改變心意了。

回想起來，那大概就是初戀吧。

然而，那也已經是久遠以前的事了。

〈真空中聽見的聲音〉的演奏依然持續著，在這當中，優子一邊深深吸了一口氣，並專注地傾聽周遭的演奏。

現在的相馬吹得絕非不好。音程有對到，也跟整個小號部門有著一致的表現。可說是無從挑剔的演奏。
但是，相馬過去吹奏小號的音色聽起來是如此耀眼，現在卻像是蒙上一層薄靄般。既平凡，又不刺耳的，缺乏魅力的樂音。
這並非不好的印象。應該也會有人評價為無懈可擊的演奏吧。
像這樣不會留在任何人的耳中，也不引人注目的樂音，深深地傷害了優子的回憶。以前相馬的演奏並非如此。
正因為優子知道他那個時候的表現，才更會因為缺乏了多大的東西而受到打擊。
那個人想必已經不喜歡音樂，也不喜歡小號了吧。就算沒有明確說出口，透過樂聲也能傳達出來。
當這場演奏結束的時候，我想必會得知自己的初戀也跟著結束。
優子暗自有著這樣的確信。
這時，樂曲又換調了。隨心所欲地濫用旋律玩弄演奏者，讓人光是想跟上就要費盡心思。優子將投向小號的注意力轉回到自己的樂器部門上。
單簧管是會讓演奏層次更為豐富的樂器。
國中加入管樂社的時候，之所以沒有選擇小號是基於幾個理由。
單純因為小號的競爭率很高，而且也不想請母親教導，更重要的是，她當時不覺得自己有辦法超越相馬的演奏。這些全都不是基於技巧能力，而是心情上的問題。

雖然是避開小號而選的樂器，但她也很喜歡單簧管。無論是黑色的外觀，還是能吹出與之相反的，明亮又可愛的樂聲都很喜歡。所以升上高中時，也選擇了單簧管。

演奏時的音樂教室隨時都是敞開的。

因此有些學生或家長都會站在門口旁邊聽著演奏。優子的母親也正站在那裡。

她跟母親之間的關係很複雜。

優子自認理解母親的判斷是正確的。

無論是跟相馬約定好要跟自己保持距離，還是不繼續在家裡開小號的才藝教室，優子明白這些全都是為了自己而做的事情。即使如此還是無法諒解。直到現在也還不能理會。

在這場演奏開始的前一刻，她跟母親稍微談了一下。儘管不是在難得的休息時間想見到的對象，既然碰上面了那也沒辦法。

「無論是恭介還是妳，都一樣笨拙呢。」

母親的這句話，讓優子很介意。哥哥應該是很靈巧的人。不然也不可能有辦法作曲。

「妳不懂嗎？〈真空中聽見的聲音〉就正是笨拙的表徵吧。那孩子需要一個藉口。

換句話說，這是為了跟朋友和好而寫的曲子喔。」

當時相馬確實在跟哥哥鬧不合。

平常只是相馬單方面在生氣而已，但那對兩人來說，確實是一場吵架。

「那份樂譜，是一直以來都只會自顧自地作曲的恭介，為了第一次結交的朋友所做的曲子。是為得知了跟許多人一起演奏的喜悅的智成所寫。所以既是唯一一首合奏曲，演奏時間也才會那麼長。」

她在演奏的時候，一直思索著母親的這番話。

與其在寂靜的時間中獨自思考，現在這樣一邊聽著哥哥遺留下來的旋律，應該更能接近答案才是。

每當優子去問正在作曲的哥哥「下次要做怎樣的曲子呢」，他總是會仔細地回答。雖然他說的話都很抽象，也讓人搞不太懂，即使如此優子還是很喜歡跟哥哥聊這樣的話題。

那個時候，她只聽哥哥說這是合奏曲，長達三十六小時，而且是在真空中能夠聽見的聲音。

優子沒能領會哥哥的想法。但母親斷言道：

「演奏時間要是很短，那一個人就能演奏了吧。即使是合奏曲，只要改編成只追尋著主旋律走，也不是不能成為一首獨奏曲。換作是我，會認為長達十二小時應該就十分足夠了，但他應該是設想了各式各樣的人及狀況，才會變得這麼長吧。」

確實樂曲要是長達三十六小時，就必須借助許多人的力量。

實際上，不只是管樂社，正因為有止者的協助，演奏才能持續到現在。

「不過，說真的。那個時候沒有考量到妳的心情，是我的疏忽。對不起。」

優子也沒有考量過母親的心情。

她從來沒有想過在那面無表情的背後，究竟潛藏著什麼樣的情感。她明明也同樣因為哥哥過世而感到悲傷才是。

「我可以去聽你們演奏嗎？」

想聽哥哥最後遺留下來的樂曲。

母親雖然給了很多忠告，起碼優子也能想像她在心底其實是這麼想的。

所以優子才會演奏〈真空中聽見的聲音〉。

為了家人，更重要的是為了自己。

論及對哥哥樂譜的理解，她有著不輸給相馬的自負。尤其不想輸給現在的相馬。

面對哥哥對音樂殘酷的要求，優子吹奏著單簧管以正確的音一一做出回應，並持續將充斥著哥哥腦內的音樂化為現實。

＊＊＊

耳機傳來在演奏〈真空中聽見的聲音〉的樂聲。

在大石的提議之下，管樂社的這場演奏正透過網路進行直播。

儘管得到廣播社的協助，讓演奏持續在學校的網頁上播出，但有在聽的人想必只有社員而已吧。這能讓大家在休息的時候也能掌握現在樂曲演奏到哪一個階段。

尤其像現在這樣離開演奏的時候，就更為便利。

現在是下午五點多。

自從開始演奏以來，已經過了三十二小時。

我也很想說自己依然精神飽滿，但其實已經是遍體鱗傷。肺部跟嘴唇都使用過度，甚至還眼冒金星。就算做了伸展，肩膀跟手臂依然痠痛不已。

話雖如此，此時正在進行的是超乎常軌的演奏，因此只帶來這點程度的影響，不如說已經算是幸運了吧。我負責的部分才剛結束，接下來預計可以休息兩小時。

演奏依然在音樂教室持續進行。

在這種時候，我離開了學校，並在街上漫步。

會這麼做當然也是有著明確的目的。我得先走過一趟一条戻橋。每天要是不經過這裡一次，就會看不到河合他們止者的身影。其實騎腳踏車過來就快多了，但我也為了轉換心情而徒步走到這裡。

何況還有一個人同行。

走在身邊的優子也跟我一樣戴著耳機。從她的側臉看來，就跟平常沒什麼兩樣。她應該也很累了，臉上卻不見疲態，真的很厲害。我要是不帶著傻笑敷衍過去，任何情感都會立刻表現在臉上，因此感到很羨慕。

我們在一条戻橋上俯瞰堀川。細細的流水將會一直往南延續下去。

白天跟優子兩人一起跨越這座橋，總讓我感到有些懷念。當我的背靠上欄杆時，過往的事情就像在眼前重現一般鮮明地回想起。

國中開學典禮那天。

身穿和服的老師跟我母親熱絡地聊著，身穿全新制服的我跟恭介，還有優子三人便走在她們身後幾步的地方。

當優子說出「想去賞花」，就正好是經過這座橋的時候。她語氣快活地說著要鋪野餐墊，並擺上便當。還說想去圓山公園、御所跟植物園。

對此，恭介只是用沉穩的語氣回她一句「這裡就可以賞花了吧」。一邊說著「反正堀川也有這麼多盛開的櫻花啊」，便伸手捏住了落下的花瓣。

於是優子鬧著彆扭地說「算了」，便跑著走過這座橋。直到現在，我似乎還能看見那道嬌小的背影一般。

我也記得恭介當時露出了傷腦筋的表情。那副模樣看起來，他是真的不知道優子為什麼會鬧起脾氣。

所以我就笑著告訴他，「勸你今天回家時買個冰給她吧」。

嘴上應著「好啦」，恭介又用纖瘦的手指夾住了落下的花瓣。

那一天櫻花盛開，但風也滿強勁的，因吹散了許多花瓣。我也學他伸手做了一樣的動作，花瓣卻只是逃開我的指尖落下。

跟那時不同，九月的一条戻橋邊並沒有櫻花綻放。

現在是恭介死後迎來的第四個夏天。天氣熱到令人厭煩。

「優子。」

我這麼出聲叫了她，優子便拿下耳機。

「怎麼了嗎？」

「我有件事想趁現在跟妳說。」

我一直很猶豫究竟該不該說出口。其實直到現在也很迷惘。

既然直到現在都裝作不知道了，我也不是沒想過乾脆就這樣別去揭發也沒差。

但我終究還是沒辦法繼續保持沉默。

隔著耳機傳來的演奏展現出熱鬧的氣氛。簡直像是聖誕樂曲一般，輕快地響起閃閃發亮的樂音。

我也拿下原本戴著的耳機。

不斷持續下去的演奏，就只有現在漸漸聽不見了。

「做出〈真空中聽見的聲音〉的人，不是恭介吧。」

優子的臉色變得鐵青。然而就在下個瞬間，那樣的動搖也從表情上褪去。

「你為什麼會這麼想呢？」

「雖然理由有很多，但最重要的是時間。恭介每個月都一定會作曲。直到那傢伙過世前的一個月，我都還在演奏他的新曲。因此我不認為在那之後不到一個月的時間內，他能寫完一首長達三十六小時的樂曲。」

更何況這對恭介來說，是第一次挑戰的合奏曲。無論設想的樂音數量，還是要寫下的音符及指示記號數量，都會比獨奏曲還要更多。就算他是立刻想到這首樂曲，光是要手寫出樂譜的時間應該都不夠才對。

「所以優子，那首曲子是妳完成的吧。」

優子為什麼要在過了四年之後的現在，才想要演奏那首樂曲呢？應該是因為樂譜在恭介死後還沒有完成的關係。

優子有著足以編曲的能力。根據恭介遺留下來的樂譜，要將曲子完成也並非不可能吧。

所以才會是現在。

想要毫無破綻地完成設定好演奏時間長達三十六小時的樂譜，就算要花上四年的時間我也不會感到驚訝。不如說已經很快了。

「相馬學長，你是一開始就發現了嗎？」

「我一直覺得不太對勁。」

畢竟在那之後過了四年，因此在練習的時候，這個想法一再於腦海中浮現。

「但是，我也是直到最近才產生確信。直到實際演奏之前真的不會發現。」

演奏至今三十二小時，儘管多少有些失誤，還是順利演奏到這個地步。而這正是鐵錚錚的證據。

「要是恭介拿出真本事來做，不管再怎麼編曲，也絕對不可能有辦法像這樣演奏才是。」

「是啊。應該會做成更超乎常軌，而且更有魅力的曲子吧。」

優子無力地點了點頭。

「就如相馬學長的推測，那是由我完成的樂譜。」

就算推測出真相了，我也高興不起來。

但這是必須的指摘。

如果〈真空中聽見的聲音〉真是恭介的遺作，那光是演奏出來，我或許就能感到滿足了。但若非如此，就又是另一回事了。

「哥哥在過世不久前，跟我說了他當時正在做的曲子的事。」

「真空中聽見的聲音是那傢伙自己命名的啊。」

「是的。他還說過，這首曲子必須很長。至少要有三十六小時。然而哥哥無法完成這首曲子。他的房間裡就只留下寫到一半的樂譜而已。」

「而妳是從那時開始獨自完成的嗎？」

「反正我也沒有其他想做的事情。幸好哥哥還有留下許多範本，才總算有辦法成形。」

在空白的五線譜以及寫到一半的樂譜之中，優子花了漫長的時間，完成了〈真空中聽見的聲音〉。與此同時，她也在四處尋找成為止者的恭介吧。

「妳為什麼不一開始就老實這樣說呢？」

「我怎麼可能說得出口。」

優子伸手緊緊抓著自己的麻花辮。

那個動作看起來就像是在按捺著什麼似的。

「相馬學長只對哥哥的曲子有興趣吧。」

「才沒有——」

「你別否認了。我一直都看在眼裡。每當相馬學長在演奏哥哥做的曲子時，看起來都是很開心的樣子，所以我記得很清楚。而且哥哥也覺得很開心。」

「這我倒是沒什麼印象。」

就算翻找起跟中井兄妹共度的那十年份的記憶，我也不記得有聽恭介說過可以稱作感想的話。每次會在演奏會上坦率地稱讚我的，總是只有優子而已。

「就只有我被你們排擠。」

「妳是在鬧脾氣嗎？」

「我不知道。明明是自己的情感，我卻有很多搞不清楚的地方。就連哥哥過世的時候，我甚至都不記得自己是不是真的感到悲傷。」

優子就像在懺悔一般，垂下視線緩緩道來。

「我一直很想相信，只要我完成〈真空中聽見的聲音〉，並實際演奏出來的話，哥哥就會回來了。但以結論來說，我只是拿這個藉口跟相馬學長見面。或許我只是想利用哥哥來吸引你的注意而已。」

我看著優子像在忍耐一般緊緊抿著嘴邊的樣子，這才總算發現四年前我做錯的事情。

恭介死掉的那個時候，我應該要跟優子一起悲傷才對。早知道就哭到顧不著面子，並拋開怕丟臉的想法，也不管別人會怎麼說地陷入消沉還比較好。

但是，我卻辦不到。

直到現在也辦不到。

應該是因為我內心某處還無法接受恭介的死吧。

所以取代安慰她的話，我這麼說了。

「謝謝妳，優子。」

「你為什麼要說這種話呢？我可是一直都在說謊喔。」

「但妳完成了〈真空中聽見的聲音〉。我得好好感謝妳才行。」

優子為了接受恭介的死，必須寫完〈真空中聽見的聲音〉。也必須演奏出來才行。這對我來說，想必也是一樣。

「妳別擔心，演奏結束之後，心情一定會變得很明朗。到時候只要痛快地哭一場就好了。」

「什麼跟什麼啊。要是我哭不出來，那該怎麼辦呢？」

「到時候我就連同妳的份一起哭。我會嚎啕大哭一番，拜託妳盡量對我溫柔一點。」

「只要跟相馬學長待在一起，就會讓我覺得這麼苦惱的我像個笨蛋一樣。」

優子這麼說著便垂下頭。

她的聲音聽起來像在顫抖，因此我拉近了一步跟優子之間的距離。

對許多人來說，無論〈真空中聽見的聲音〉的作曲人是誰，應該都不具太大的意義。就算是恭介寫的，就算是優子完成的，無論怎樣都沒差吧。

但是，對我跟優子來說就不一樣了。

我如果就此裝作沒有察覺，就算最後順利完成演奏了，優子的內心某處想必會一直抱持著罪惡感。既然如此，像這樣當面指摘出來應該就是正確的決定。

「不然，妳要現在就哭也可以喔。」

「我才不會哭呢。」

優子毅然決然地斷言，吸了吸鼻子之後，她用手掌擦了擦眼角。

「現在要是哭了，就會對演奏造成影響。」

這麼說著，優子往後退了幾步。

「要將相馬學長的玩笑話當真，還是晚點再說吧。」

幾小時後，時間來到晚上八點。

這場漫長的演奏也只剩下一小時。

多虧有許多演奏者一再接棒，才總算能演奏到這一步。多虧了所有前來協助的人，我現在才能身處在這段音樂之中。

在演奏途中，進行了最後一次人員的輪替。優子從原老師手中接過指揮棒，並站上台。

管樂社跟幫手共計幾十個人，以及在旁守護著我們的原老師。對大多數人來說，這就是所見聞的一切。

但我能看見另一支樂隊。那是以架起小號的河合為首，止者的演奏隊。他們也在音樂教室裡，並會參與接下來的合奏。

最高潮的這段是唯一由兩支樂隊同時演奏的地方。

大家既看不到，也聽不到。但他們確實就在那裡。這比任何事情都更讓我感到放心。

但要指揮這場合奏的人，也必須是聽得見止者樂聲的人才行。最後的演奏是由優子擔任的理由就在於此。

刻劃在樂譜上的短暫空白結束。指揮也順利交接了。優子拿在手上的指揮棒像是劃開空氣一般銳利地動了起來。

就這樣，終於揭開了最後一幕。

我對著自己的小號吹進一道綿延得很長，也很踏實的呼息。希望當年被老師一再叮囑的「主幹」，能在現在這個當下明確地寄宿在音樂上。

這也是我最後一次跟這把金閃閃的樂器一起演奏了。漫長的演奏即將結束。趕跑安心感及一絲寂寞，我將自己的注意力完全集中於這場演奏。

首先能聽見的是宇佐見的小號。吹奏出正確的音階，引導著整個部門，那循規蹈矩的旋律相當可靠。

河合的小號也吹響了悠哉又暢快的高音。小號的高音柔和地撼動著室內的空氣。

雖然這不是常會用於形容長笛的樂聲，但讓大石吹奏起來就像是沉吟般強力。就算音量被壓過去，其存在感還是勝過所有樂器。雖然有點無視樂譜跟指揮指示的地方，但那躍動的樂音還是讓人聽得很高興。

優子像在跟這些橫衝直撞的樂器們共舞一般揮動著指揮棒。

管樂社員聽不見止者的演奏。然而室內的樂音卻整齊劃一到不可思議的程度。這本來是不可能發生的事情。感覺就像一起練習了好幾次的樂團，所有樂器的聲音都合而為一地釋放出來。這樂聲就像具備生命一樣充滿活力。

這時曲子開始加速，並終於來到了小號的獨奏。

在優子的引導之下，我抓準時機站起身來。

此時此刻，在這個現場演奏的人就只有我而已。這讓我感受到一陣孤獨。或許是因為所有樂聲都消失的關係。到了九月天氣還是很熱，社辦裡充斥著汗水及止汗劑的味道。然而我卻感到一陣冰寒。

管樂社給恭介做的〈真空中聽見的聲音〉賦予了四季。從春天開始的樂曲，理當是會在冬天結束。

既然如此，在這首曲子降下並堆積起的白雪，不會迎來融化的那一刻。這種刺骨的寒冷也永遠不會有回暖的時候。

白雪像是要帶走樂音一般，從我耳中奪去小號的聲音。

指尖就像感受到這股寒意般，感覺變得有些遲鈍。

空氣變得冰冷又稀薄，讓我快要喘不過氣來。感覺就像忘記要怎麼呼吸了一樣。

我聽不見直到剛才還環繞耳邊的其他樂器的聲音。

呼吸困難的感覺讓我眨了眨眼。優子手持的指揮棒，以及站在門口的原老師，看起來全都變得模糊不清。或許是因為這樣的關係，在我看來，似乎有某個人就站在原老師的身邊。

感覺就像在作夢一樣，輪廓模糊不清，視野也跟著變得幽暗不明。

即使如此，我還是不可能看錯。

保持敞開的音樂教室門口，就站著一抹熟悉的身影。我根本不用思考，也知道那個人是誰。

中井恭介就站在那裡。

現在正聽著這場演奏。

我無法判斷他究竟是止者，還是我的幻覺。但恭介看起來依然是國中生的樣子。所有光景全都褪色，我的視線無法從恭介的身上移開。

全身都噴出了汗水。

然而寒冷的感受卻讓我寒毛直豎。

我漸漸就連自己到底有沒有在呼吸都不知道了。手指憑藉著記憶按下活塞，並從肺部擠出空氣，但我不知道自己的小號吹奏出怎樣的樂音。簡直就像所有聲音都離我遠去一般。無論我怎麼掙扎，感覺都追不上去。

然而演奏依然在持續進行，我還不能停下呼吸。

其實有件事情我一直很想問。當那傢伙還活著的時候，我好幾次都打算問出口，但每次都因為害怕而說不出來的話。

就算只有一次也好，我有回應過你的期待嗎？

有讓你實際聽見想像中的音樂，在你腦海中的音樂了嗎？

我一直很想知道。

要是演奏的人不是我，而是某個更厲害的人，你是不是就會再更聽進別人說的話了呢？

是不是就能與更多人接觸，創作出除了小號以外的獨奏曲，或是許多首合奏曲，並受到大眾喜愛及認同，還能聽見讓你滿足的演奏？

不，不是這樣。讓我感到不安，而且真的想知道的事情，其實只有一個。

我直到最後，都是你的朋友嗎？

其實我很想親口確認這點。但要直接向朋友詢問這種事，就算是死了我也問不出來。

所以我才會吹響小號。

如果至今從來都沒能讓你感到滿意的話，也只能透過現在這場演奏洗刷汙名了。

這是我對於一起共度的十年，以及對你的樂譜的回禮。我將自己能吹奏出的音樂全都給你了。

所以，就此告別吧。

只要有這段音樂，就不會感到寂寞了吧。無論是你、優子，還有我也是。

總有一天，我們再為了同一份樂譜吵架吧。

雙眼的乾澀感讓我反覆地眨了眨眼。因為這樣，我看不太清楚恭介的表情。

但我只知道，什麼話也不用說了。這樣就夠了。我跟那傢伙的演奏，從來就不需要任何話語。從今以後也不用。

不到一分鐘的時間，讓我覺得好像比至今的三十五小時都還要漫長。

室內的燈光反射在我手中的小號上。唯獨那副閃閃發光的模樣，就跟小時候映照在我眼中的一樣。甚至刺眼到疼痛的程度。

呼吸越來越痛苦了。

吐出的量跟吸入的量不成正比。

拉長的時間當中，我的意識漸漸被樂器吸了進去。我盡可能甘美地演奏出冰冷的旋律。

獨奏剩下最後四小節。

一小節，只有三個人卻很幸福的小小演奏會在我的眼底浮現。

二小節，跟優子重逢之後四處奔波的日子，讓我睜開了閉著的雙眼。

三小節，正在演奏的管樂社及止者樂隊的小號綻放出光輝。

到了四小節。

在空氣漸漸抽離之中，我覺得自己總算聽見了聲音。

後來我買了一台帥氣的機車

管樂社的慶功宴結束之後，現在是星期日的傍晚。

我剛優子兩個人一起來到墓園。

畢竟是參加完校慶過後的慶功宴就直接過來這裡，所以我們都還揹著書包跟樂器盒。而且還抱著順道在路邊的花店買來的花，感覺手忙腳亂的。

「雖然有花，但線香跟佛珠都沒帶耶。這樣真的好嗎？」

「沒關係吧。反正重要的是心意。而且我也不覺得哥哥會在意這種形式上的事情。」

「這倒是。」

優子的帶領下，我跟著她的背影走在墓園中。優子的步伐很是輕盈。

「但妳還真有精神耶。哪像我已經累翻了。」

她看起來令人難以想像直到昨天都還在進行那麼漫長的演奏。

這麼說來，剛才慶功宴時，大家看起來都很有精神的樣子。

大石時隔幾年喝了果汁，整個人亢奮不已，相對的宇佐見便堅持只喝水，並在卡拉OK裡唱著一首接一首的情歌。心不甘情不願地領頭的原老師，也在最後發表感言時突然開始落下男兒淚，總之整場慶功宴辦得非常盛大。

這麼一想，還帶著渾身疲憊的人說不定就只有我而已。當然，我也在慶功宴上玩得很開心，跟大石的合唱曲也把整個場子炒得很熱絡就是了。

「相馬學長體力不太好呢。我反而覺得重獲新生了。」

「是喔，那真是不錯。」

也可以說，那就好了。

將手上的花奉在總算找到的墓碑前，我跟優子並肩合掌。

演奏時在轉瞬間看見的恭介，當演奏結束的時候已經不在那個地方了。我連自己是真的看到他，還是一場幻覺都搞不清楚。無論如何，那傢伙應該不會再次在我們面前現身了吧。

當我抬起頭時，優子依然輕閉著雙眼。

優子的長髮隨風飄揚著。

自從那一天演奏之後，就再也沒見過優子綁麻花辮了。現在她並沒有將頭髮用任何東西綁起來，只是放了下來。或許是她的心境產生了某些變化，也有可能只是差不多覺得綁麻花辮很麻煩而已。

「這麼說來，優子。」

等優子睜開雙眼之後，我對她開口說道。

「那首曲名的意義，我終於知道了。雖然是在真空中聽見聲音的理由，但這大概就是正確解答。」

我並不是一直在思考這個問題，但在最後一段獨奏結束時，我無意間察覺到了。

「聽好囉，首先，在真空中是聽不見聲音的。但還是有可以透過聲音溝通的手段。其中一個就是同樣穿戴著太空衣頭盔的人，緊緊靠在一起說話的方法。」

之所以在真空中聽不見聲音，是因為環境中沒有音波能當作媒介的空氣。只要穿戴著充滿空氣的太空衣頭盔的人相互接觸，就能讓聲音產生振動，也能進行對話了。以前有看過這樣的電影。

「若要像那樣講話，就必須靠近對方才行。也就是說，跟那首樂曲一樣，如果只是獨自一人就無法演奏，也聽不見。」

恭介恐怕是要讓這首樂曲可以成為一首合奏曲，才必須要這麼長的時間吧。

我回想起恭介問我「你認為在真空的宇宙當中聽得見聲音嗎？」這件事情。

恭介還接著這麼說了。「雖然自己聽不見，不過你應該是能聽見才對」。知道合奏帶來的樂趣的我確實聽見了。總算聽見了。

「也就是說，我覺得這個曲名代表這首樂曲頂多就是一首理所當然的合奏曲。」

不只是演奏，只有一個人的話，想聽也不可能聽完的音樂。

無論我再怎麼忍耐，也不可能持續聽上三十六小時。

但在我沒辦法聽的時間，有優子在聽。有其他社員以及親近的人在聽。這樣的體驗只有透過接力協助才能聽見。這首樂曲並不是留給一個人的記憶，而是在大眾體驗的形式下才能聽見。

但是，恭介應該也不是抱著這麼高尚的目標吧。這首曲子肯定頂多只是作為一首合奏曲而誕生。不，應該說他是抱著這樣的打算著手創作的吧。

「所以，我覺得優子完成這首樂曲是正確的決定。」

「這樣啊。既然相馬學長都這麼說，想必就是這樣了。」

優子喃喃著「太好了」。在繼承這份遺作並完成它的優子心中，應該會因為不曉得自己是否真的有領悟出恭介的意志，而感到不安吧。

「還有，我在演奏時看見恭介了。雖然不知道那是他本人還是幻覺，但我看見了。」

「……這樣啊。」

優子細細琢磨著我的這番話，並喃喃說道：

「我也透過演奏〈真空中聽見的聲音〉明白了一些事情。我在想，那會不會是哥哥要給相馬學長的道別曲。」

「嗯，其實我也是這麼想。」

恭介跟我說了關於「雙胞胎悖論」的事。

那個時候我不知道那是什麼意思，但在恭介死後，我仔細調查過一番。即使如此，我依然搞不太懂就是了。

不過到了現在，我覺得自己稍微明白了。

那傢伙想說的是視角的問題。

是我離開了恭介，還是恭介遠離了我，這只是基於不同視角呈現的結果。恭介應該已經明白，我們無論如何都只會漸行漸遠而已吧。

所以〈真空中聽見的聲音〉是一首道別的樂曲。無論對我來說，對優子來說，而且對恭介來說也是如此。

優子的表情跟之前相比更加澄澈了。在她心中，恐怕已經做出某種決定。不只是恭介的事，還有除此之外的事情亦然。

「好了。那麼，這就還給妳吧。」

在恭介的墓前，我將裝著小號的樂器盒遞給優子。結果優子露出了出乎意料的表情。

「你一直把之前說要還我的事情放在心上嗎？那只是話術而已喔。」

「不，沒關係。我從一開始就打算至此放棄小號了。經過這次的事情，我才能以不是胡亂拋棄或逃避的方式，而是好好道別做個了結。」

好好跟恭介以及小號雙方道別。這次是讓總有一天回想起來時，可以露出笑容的那種別離。跟四年前不一樣。

「那對我來說也是如此。我之所以想要這個，是不願放棄開心度過的那段孩提時期。但我現在已經明白，就算我再怎麼不願放手也於事無補。」

優子從我手中接過樂器盒之後，先是緊緊地抱在懷中，便再次朝我遞了過來。

「所以，這要還給原本的持有人。因為這本來就是你的東西。」

她都說到這個份上，我總不能不收下。在我跟優子之間來來去去的小號，再次回到了我的手中。

要是再將這個收回壁櫥裡感覺也不太對。

對了，就將這把小號捐贈給學校吧。借媽媽說過的話，想必這樣祖母也會感到比較開心。

小號將再次離開我的手中。

但如果有其他人會拿去演奏，這對樂器來說應該是一趟幸福的啟程。總比一直放在壁櫥裡沉眠要好得多了。

如果往後可以協助管樂社的學弟妹們開心地演奏的話，我也會替過往的搭檔感到驕傲。

「不過，你無論如何都想送我禮物的話，我也是會收下，但希望至少是個更浪漫的東西呢。」

這麼說著，優子露出惡作劇般的笑容。

見到一直都擺出成熟態度的她，露出這樣天真的表情，也讓我鬆了一口氣。

在校慶那場演奏結束的瞬間，優子哭了。

絲毫不顧他人的目光，放聲大哭了。

其他也有好幾個社員感動地泛淚，但優子的眼淚所代表的意義並不一樣。只有我知道其中的意義就夠了。我自以為是地這麼想。

像是擔下代替我的職責般，優子替我哭了。

而那個優子現在臉上帶著笑容。這對我來說，也是一種幸福吧。不只是表情，可能是因為連髮型也改變的關係，優子整個人給人的印象都不一樣了。

我至今都沒有注意到，但當我再次看著優子，便發現就像她自己之前說的，確實跟以前不同，不但長高了，相貌也有些變化。也就是說，該怎麼講呢——

「妳變漂亮了呢。」

大概是因為疲憊的關係，我不禁就將想到的話說出口了。我本來沒有打算要講這種令人害臊的話。

聽我這麼說，優子的表情又變了。

看著她的臉，讓我覺得偶爾坦白說出內心的想法似乎也不錯。

雖然還是很害羞。

我們約好碰面的地點在一条戻橋。

跟優子分開之後，我回到家裡稍微睡一下，就去配送報紙了。既然校慶都結束了，我也再次重啟清晨的打工。在還沒亮起的天空底下騎著機車，果然還是很舒爽。

凌晨四點過後，順利地結束了打工的工作，我推著腳踏車走在街上。從今天開始，我再也不用繞遠路了。

河合提著小號樂器盒，站在橋上等我。

「謝謝你，相馬。」

「不，是我說想替妳送行的嘛。」

河合今天就要離開這裡了。當我說想替她送行之後，我們約碰面的地方就不是平常那個河岸邊，而是指定了一条戻橋。

「但為什麼要選這裡？」
「相馬，你之前跟我說過，是這座橋聯繫起我們的，所以我想跟你一起來這邊看個一次。」
河合像是確認著感觸一般，伸手撫上橋的欄杆，並轉身面對我。
「雖然我要離開這座城市，但這並不是一件壞事。我有我的，而且弟弟也有弟弟自己的人生。儘管彼此之間相隔著距離，我們還是希望對方能過得幸福。這樣就足夠了，對吧。」
「嗯，我也是這麼想。」
自己重視的人，今天也是精神充沛地在某個地方生活著。能夠如此深信，是一件非常幸福的事。
其實我還有很多事情想跟河合說才是。
但到了緊要關頭，我卻一句話也說不出口。
「那麼，我要走了。」
河合今天就要從這座城市啟程。就像她說的，這絕對不是一件悲傷的事。
但我無論如何都還是會感到寂寞。對於從今以後將離開熟悉城市的河合來說，感觸想必更加深切。

「那個……」

所以，我說了。

「過陣子，我想拿打工的薪水去買一台機車。所以，我會騎著帥氣的機車去見妳的。」

要踏上新的道路也會心懷不安吧。為了和緩這種心情，更重要的是為了掩飾自己的寂寞，我跟她立下了約定。

「所以——我們總有一天再相見。」

這想必是不會實現的約定。在這遼闊的世界中，我跟河合還會重逢的可能性很低。就算在某個地方擦肩而過，我也不知道那個當下的自己是不是能看見她的身影。

但光是有這個約定，心情應該也會比較輕鬆吧。

「好的，總有一天再相見。在那之前，我會為了可以將〈小星星〉吹得更好，而努力練習的喔。」

河合總算對我露出笑容，因此我也跟著揚起笑臉。

跟止者相處的時間，對我來說就像一場夢境似的。對於明明已經死過一次的河合來說，身為止者度過的時間，也趨近於夢吧。

既然都是作夢，當然是夢想著彼此光明的未來比較好。

就這樣，我目送著啟程的河合，直到看不見她的身影為止。

朝日終是升起，我也踏出了一步。

轉涼的空氣，提點了我新的季節即將來臨。

後記

各位初次見面，我是遠野海人。

小時候我一直無法理解，為什麼書本的後記總是會寫謝詞。但當我自己成為書寫那一方的時候，才第一次明白箇中原由。因為就只有這個地方可以傳達內心的感謝呢。

本書直到出版為止，整個過程有許多人協助，但幾乎沒有可以直接道謝的機會。因此才會借助這個地方致謝。

以擔任審查員的老師為首，參與了這場選拔的各位人士、替我寫下自己承擔不起的推薦文的三上延老師及佐野徹夜老師、替本書畫下美麗插圖的あんよ老師、毅力堅定地陪我開會討論的責任編輯、在出版社及書店提供協助的各位，也多虧了其他許多人士的幫忙，才能完成這本書。真的非常感謝大家。

本來只想用謝詞收尾就好，但還是稍微談談關於這個故事吧。

我寫了一個關於一場漫長演奏的故事。「永遠」是個常會用來形容的詞彙，但在現實當中並沒有什麼能永遠持續下去的事情。無論是多麼知名的樂曲也無法連續聽上三十六小時，就算是再美的景色，看個幾小時也能感到滿足了。其實要是可以持續到永遠就好了，但只要人活在世上，這點或許就很難辦到。我將一個無法持續到永遠，並坦然面對珍貴時間的故事，拿來與櫻花重疊。

這本書剛好是在春天即將結束時發行，並替這個故事揭開序幕。因此在作品當中櫻花並沒有直接登場。他們只是看著枝木，緬懷起過往的花而已。

然而，說不定總有一天櫻花會再次綻放。如此一來，即使沒有一段永遠的時間，就算會感到寂寞，我覺得也不會因此悲傷。

現實中的一条戻橋四周除了櫻花以外也有其他樹木，但這次就是基於這樣的理由，才讓封面開滿了整片櫻花。

最後，要給閱讀至此的各位由衷的感謝。

大家若是多少中意這本書，便是我的榮幸。

二〇二一年三月 遠野海人

奇蹟般的光景震撼人心，
扣人心弦的結局賺人熱淚。

生若冬花的妳

こがらし輪音／著　許紋寧／譯

「明天死了也沒關係，這一生我不想留下任何遺憾。」
「明天死了也沒關係，這一生我過得一點也不快樂。」
患有難治之症珍惜著每一天的赤月緣，與背叛摯友後有如置身深淵的中學少女戶張柊子，因為意外而靈魂相互調換。而緣過去所畫的畫，竟是解開謎題的關鍵……

定價：NT$280/HK$93

獻給擁有珍視之人的人，
追究「別離」意義的故事。

請妳消失吧

葦舟ナツ／著　林于楟／譯

某個雨天，我在橋上邂逅了幽靈。這位自稱「SAKI」的美麗女孩，除了自己的名字以外什麼也不記得。我們一起共度尋找消滅 SAKI 方法的日子。只有父親的安靜家裡、無聊的學校、越變越成熟的青梅竹馬。在這讓我感到窒息的世界中，幽靈身邊成為我唯一的安居之處。

定價：NT$300/HK$100

意外回到未來，最愛的女友竟撒手人寰！
交織著過去與未來，青春ＳＦ戀愛小說。

今夜Ｆ時，奔向兩個你所在的車站。

吉月 生／著　林孟潔／譯

聖誕節將至的某個夜晚，昴所搭乘的京濱東北線末班車二號車廂忽然離奇消失。回過神來，發現身處５年後的高輪ＧＡＴＥＷＡＹ站。同車的另外幾名乘客也一起跨越時空。但他們發現未來已經徹底改變。渴望重返過去的５個人，最後會做出什麼衝擊性的選擇？

定價：NT$300/HK$100

國家圖書館出版品預行編目(CIP)資料

與你相遇在無眠的夢中 / 遠野海人著；黛西譯 . -- 一版 . -- 臺北市：臺灣角川股份有限公司, 2022.06

面；　公分

譯自：君と、眠らないまま夢をみる

ISBN 978-626-321-550-4(平裝)

861.57　　111006301

與你相遇在無眠的夢中

原著名＊君と、眠らないまま夢をみる

作　　者＊遠野海人
插　　畫＊あんよ
譯　　者＊黛西

2022年6月25日　初版第1刷發行
2024年5月3日　初版第3刷發行

發 行 人＊台灣角川股份有限公司
總　　監＊呂慧君
總 編 輯＊蔡佩芬
主　　編＊李維莉
特約編輯＊林毓珊
設計指導＊陳晞叡
美術設計＊邱靖婷
印　　務＊李明修（主任）、張加恩（主任）、張凱棋、潘尚琪

台灣角川

發 行 所＊台灣角川股份有限公司
地　　址＊104台北市中山區松江路223號3樓
電　　話＊（02）2510-3000
傳　　真＊（02）2515-0033
網　　址＊http://www.kadokawa.com.tw
劃撥帳戶＊台灣角川股份有限公司
劃撥帳號＊19487412
法律顧問＊有澤法律事務所
製　　版＊尚騰印刷事業有限公司
I S B N＊978-626-321-550-4